서문문고
141

한국 고시조 500선

강 한 영 엮음

머 리 말

　시조는 우리 민족문학 유산 가운데 하나의 특성 있는
양식이다. 신라의 향가나 고려나 조선시대의 가사문학
(歌詞文學)과는 양식이 서로 다를 뿐만 아니라 그 내용
역시 같지 않다.

　시조가 발생한 시기는 대략 고려말경이라고 본다 이
시기는 신라시대 이후 누적된 불교의 폐단으로 인하여
국정과 민정이 크게 뒤흔들렸던 때다. 그런데 때마침
대두하던 정주학(程朱學)의 청신한 지도이념은 이 시대
에 하나의 신풍제가 되었다. 정주학의 엘리트들에 의하
여 새로운 것에의 탐구와 창조에의 집념으로 시조 양식
이 발견된 것은 우연한 일이 아니라 필연적인 귀결이라
하겠다.

　이렇게 발견된 이 새로운 시조의 양식은 때마침 유교
국시의 조선왕조 때, 양순풍조를 만난 오곡처럼 크게
발전하여, 드디어 연시조(連時調), 엇시조(旕時調), 사
설시조(辭說時調) 등의 다양한 경지에까지 비약하여 오
늘에 이르렀다. 시조는 한 시대를 앞서가는 문학양식이
며, 교양인과 지성인의 양식이요, 슬기의 근원이 되었
던 것이다. 이러한 시조의 역사는 적어도 6백 년이란

오랜 세월 동안 우리 민족의 뇌리와 숨결과 더불어 살아왔다. 적어도 유실된 시조말고도 3천 수에 가까운 풍요의 열매를 걷는 풍작이었다. 알알이 겨레의 숨결이요, 선비의 간정(閒情)이요, 여인의 규정이요, 위항인(委巷人)의 탄식이요, 풍자들이어서 석류화처럼 영롱하였다. 따라서 겨레의 정신사(精神史) 바로 그것이다.

그러나 문학에서도, 서양 세력에 억눌린 우리 시조는 차츰 우리의 생활에서 멀어져 가는 느낌마저 있는 요즈음, 이 점에 대하여 우리는 한 번 반성해 볼 만하지 않을까.

이러한 점에 바탕을 두고 하나의 길잡이가 되고자 고시조 5백 수를 정선하여 편집해 보았다. 이 5백 수의 선정 기준은 현대인의 생활과 정서에 어울리는 것을 골랐고, 또 선인들의 사상과 철학에도 접할 수 있는, 말하자면 그 일면을 엿볼 수 있도록 시도하여 보았다. 그러나 혹 자기류에 흘렀는지 두렵다. 고시조는 될 수 있으면 원래의 시 그대로를 감상하는 것이 바람직한 일이다.

1974년 2월 19일 우수일

새터 姜漢永 씀

일 러 두 기

1 古時調의 原文 유지에 유의하면서, 그 이해를 돕고자 현행 맞
  춤법에 좇았다. 그러나 現代語로 바꿀 수 없는 古語나 쯉은 그
  소리대로 적되 註를 『낱말풀이』에서 간단히 설명하였다.

2 作品의 배열 순은 작가가 분명한 것은 有名氏篇, 이름이 전하
  지 않는 것은 無名氏篇에 모으고, 作家別, 作品別로 가·나·
  다 순으로 하였다.

3 作品마다 간단한 주를 『낱말풀이』에 달았다.

4 作品마다 대표적인 出典을 붙였다.

5 作家의 略歷을 『작자소개』란에 들었다.

6 作品과 연관성 있는 史實이 傳來하는 경우, 이를 『참고』라 하
  여 적어 넣었다.

7 〈初章〉찾기 찾아보기를 책 뒤에 붙였다.

8 出典의 약칭은 다음과 같다.
  〈大東〉: 大東風雅
  〈雅女〉: 雅樂部本 女唱類聚
  〈六靑〉: 崔南善本 靑丘永言
  〈李靑〉: 李熙昇本 靑丘永言
  〈注海〉: 校注海東歌謠(崔南善本과 李熙昇本의 有氏名部 校合本)
  〈珍靑〉: 珍本靑丘永言
  〈花樂〉: 花源樂譜
  〈六歌〉: 崔南善本 歌曲源流
  〈李海〉: 李熙昇本 海東歌謠
  〈古今〉: 古今歌曲

〈雅歌〉: 雅樂部本 歌曲源流

〈槿樂〉: 槿歌樂府

〈瓶窩〉: 瓶窩歌曲集

〈東歌〉: 東歌選

※出典 아래의 숫자는 該本에 기재되어 있는 時調의 一連番號다.

　例〈珍靑55〉.

이는 곧 〈珍本靑丘永言〉이란 歌冊에 55번째로 실려 있다는 뜻
이다.

차 례

머리말 ·· 3

有名氏篇

강백년 姜栢年 ·· 25
　청춘에 곱던 양자 · 25
강익 姜翼 ··· 25
　물아 어디 가난 · 25/시비에 개 짖는다 · 26/지란을 갖고랴 · 26
계랑 桂娘 ··· 27
　이화우 흩뿌릴 제 · 27
계섬 桂蟾 ··· 27
　청춘은 언제 가며 · 27
고경명 高敬命 ·· 28
　보거든 슬뮈거나 · 28
구용 具容 ··· 29
　벽해 갈류후 · 29
구지 求之 ··· 29
　장송으로 배를 무어 · 29
구지정 具志禎 ·· 30
　쥐 찬 소로기들아 · 30
권필 權韠 ··· 31
　이 몸이 되올찐대 · 31
권호문 權好文 ·· 31
　날이 저물거늘 · 32/말리 말리하대 · 32/비록 못 일워도 · 32 /성
　현의 가신 길이 · 33/제월이 구름뜯고 · 33/하려 하려하대 · 34
금홍 錦紅 ··· 34
　벽천 홍안성에 · 34

기대승 奇大升 ······································ *35*
　호화코 부귀키야 · *35*
기정진 奇正鎭 ······································ *35*
　공명도 너 하여라 · *36*
길재 吉再 ··· *36*
　오백년 도읍지를 · *36*
김광석 金光錫 ······································ *37*
　재넘어 쇠앗을 두고 · *37*
김광욱 金光煜 ······································ *37*
　강산 한아한 풍경 · *38*/공명도 잊엇노라 · *38*/세상 사람들이 · *38*/
　어와 저 백구야 · *39*
김굉필 金宏弼 ······································ *39*
　삿갓에 도롱이 입고 · *39*
김구 金絿 ··· *40*
　나온자 금일이야 · *40*/여기를 져기 삼고 · *40*/올해 달은 다리 ·
　41/태산이 높다 하여도 · *41*
김덕령 金德齡 ······································ *42*
　춘산에 불이 나니 · *42*
김두성 金斗性 ······································ *42*
　나니 언제런지 · *42*/중과 승과 · *43*/창 밖에 감아솟 · *43*
김묵수 金默壽 ······································ *44*
　촉제의 죽은 혼이 · *44*
김민순 金敏淳 ······································ *45*
　남원에 꽃을 심어 · *45*/내게는 병이 없서 · *45*/세상에 마음이 없어
　· *46*
김삼현 金三賢 ······································ *46*
　공명을 즐겨 마라 · *46*/녹양 춘삼월을 · *46*
김상옥 金尙玉 ······································ *47*
　청산아 말 물어 보자 · *47*
김상용 金尙容 ······································ *47*

금로에 향진하고 · 48/말하면 잡류라 하고 · 48/사랑 거즛말이 ·
49/오동에 듯난 빗발 · 49

김상헌 金尙憲 49
　가노라 삼각산아 · 50/남팔아 남아 사이언정 · 50

김성기 金聖器 51
　구레벗은 천리마를 · 51/옥분에 심근 매화 · 51/홍진을 다 떨치고
　· 52

김성원 金成遠 52
　널구름이 심히 구저 · 52

김수장 金壽長 53
　갓나희들이 · 53/검으면 희다 하고 · 53/나는 지남석이런가 · 54/
　눈섭은 그린 듯하고 · 54/모란은 화중왕이요 · 55/바둑 걸쇠같이
　얽은 놈아 · 55/삭발위승 아까운 각시 · 56/어화 어릴시고 · 57/호
　화도 거즛 것이요 · 57/화개동 북록하에 · 57

김시습 金時習 58
　맹자 견 양혜왕 하신대 · 58

김영 金瑛 59
　눈 풀풀 접심홍이요 · 59/빈 배에 섰는 백로 · 59

김우규 金友奎 60
　늙고 병든 중에 · 60/아희들 재촉하야 · 60/처음에 모로듬면 · 61

김유기 金裕器 61
　내 몸에 병이 많아 · 61/오늘은 천렵하고 · 62/장부로 삼겨나서 ·
　62/태산에 올라 앉아 · 62

김육 金堉 63
　자내 집의 술 닉거든 · 63

김인후 金麟厚 63
　노화 깊은 곳에 · 64

김장생 金長生 64
　대 심어 울을 삼고 · 64

김종서 金宗瑞 65

삭풍은 나모 끝에 불고 · *65*/장백산에 기를 곳고 · *65*

김중열 金重說 ·········· *66*
　한중에 홀로 앉아 · *66*

김진태 金振泰 ·········· *66*
　일어나 소 먹이니 · *67*/벽상에 걸린 칼이 · *67*/세월이 여류하니 ·
　67/장공에 떴는 소록이 · *67*/지죄괴는 저 가마괴 · *68*

김창업 金昌業 ·········· *68*
　벼슬을 저마다 하면 · *68*/자 남은 보라매를 · *69*

김천택 金天澤 ·········· *69*
　고금에 어질기야 · *69*/고마간 불청커늘 · *70*/남산 나린골에 · *70*/
　부혜생아하시고 · *70*/서검을 못 일우고 · *71*/섭시른 천리마를 ·
　71/세상 사람들아 · *72*/세상이 번우하니 · *72*/어화 세상 사람 ·
　72/옷 벗어 아희 주어 · *73*/울밋 양지 편에 · *73*/잘 가노라 닫지
　말며 · *73*/주문에 벗님네야 · *73*/청려장 힘을 삼고 · *74*/한달 셜흔
　날에 · *74*/한번 죽은 후면 · *74*/혼음불성키는 · *75*/흰구름 푸른 내
　는 · *75*

김치우 金致羽 ·········· *75*
　강촌에 그물 멘 사람 · *76*

김태석 金兌錫 ·········· *76*
　오늘은 비 개건야 · *76*

김학연 金學淵 ·········· *77*
　낙화는 뜻이 있어 · *77*

김현성 金玄成 ·········· *77*
　낙지쟈 오날이여 · *77*

김화진 金華鎭 ·········· *78*
　셋괏고 사오나올슨 · *78*

나지성 羅志成 ·········· *79*
　금은에 지는 달은 · *79*

남구만 南九萬 ·········· *79*
　동창이 밝앗느냐 · *79*

남이 南怡 ··· 80
　장검을 빠혀 들고·80/적토마 살디게 먹여·80

낭원군 朗原君 ··· 81
　말쏨을 가리어 내면·81/산은 있건마는·81/어버이 날 낳으셔·
　82/어져 내 말 듣소·82/제 분 좋은 줄을·82/평생에 일이 없어
　·83

다복 多福 ··· 83
　북두성 기울어지고·83

단종 端宗 ··· 84
　촉백제 산월저하니·84

대원군 大院君 ··· 85
　휘호지면 하시독고·85

동산 이선생 東山 李先生 ··· 85
　초생달 뉘 버혀 저그며·86

매화 梅花 ··· 86
　매화 녯등걸에·86/살뜰한 내 마음과·86/야심 오경토록·87/죽
　어 잊어야 하랴·87

맹사성 孟思誠 ··· 88
　강호에 가을이 드니·88/강호에 겨울이 드니·88/강호에 여름이
　드니·89/강호에 봄이 드니·89

명옥 明玉 ··· 90
　꿈에 뵈는 임이·90

문수빈 文守彬 ··· 90
　청냉포 달 밝은 밤에·90

문향 文香 ··· 91
　오냐 말 아니 따나·91

박도순 朴道淳 ··· 92
　임과 나와 다 늙었으니·92

박인로 朴仁老 ··· 92
　낙대를 빗기쥐고·92/남으로 삼긴거시·93/동기로 셋몸되야·

93/반중 조홍감이 · *94*/봉두에 솟은 달이 · *94*/북소리 들리는 절이 · *95*/새달은 뒷동산 말네 · *95*/솔 아래 아희들아 · *95*

박팽년 朴彭年 ·· *96*
  가마귀 눈비 맞아 · *96*/금생려수라 한들 · *97*

박효관 朴孝寬 ·· *97*
  공산에 우는 접동 · *97*/꿈에 왔던 님이 · *98*/뉘라서 까마귀를 · *98*/님 그린 상사몽어 · *98*/서리치고 별 성권제 · *99*

변계량 卞季良 ·· *99*
  내해 좋다하고 · *99*

서경덕 徐敬德 ·· *100*
  마음아 너는 어이 · *100*/마음이 어린 후니 · *100*

선조 宣祖 ·· *101*
  오면 가랴 하고 · *101*

성삼문 成三問 ·· *101*
  수양산 바라보며 · *102*/이 몸이 죽어 가서 · *102*

성수침 成守琛 ·· *103*
  이리도 태평성대 · *103*/천지대 일월명하신 · *103*

성운 成運 ·· *104*
  전원에 봄이 오니 · *104*

성종 成宗 ·· *104*
  이시렴 브디 갈따 · *105*

성혼 成琿 ·· *105*
  말없는 청산이요 · *105*/시절이 태평토다 · *106*

소백주 小栢舟 ·· *106*
  상공을 뵈온 후에 · *106*

소춘풍 笑春風 ·· *107*
  당우를 어제 본 듯 · *107*/전언은 희지이라 · *108*/제도 대국이오 · *108*

송계연월옹 松桂烟月翁 ·························· *109*
  거문고 타자 하니 · *109*/늙어지니 벗이 없고 · *109*/마천령 올라

앉아 · *110*/이보오 내 마리가 · *110*/저 건너 큰 기와집 · *110*/칠십
에 책을 써서 · *111*

송순 宋純 *111*
　풍상이 섯거친 날에 · *111*

송시열 宋時烈 *112*
　님이 헤오시매 · *112*/청산도 절로절로 · *113*

송이 松伊 *113*
　솔이 솔이라 하니 · *113*

송인 宋寅 *114*
　드른 말 즉시 잊고 · *114*/이셩져셩하니 · *114*/한달 설흔 날에 ·
115

송종원 宋宗元 *115*
　인생이 꿈인 줄을 · *115*

숙종 肅宗 *116*
　추수는 천일색이오 · *116*

신광한 申光漢 *116*
　심여장강 유수청이요 · *117*

신위 申緯 *117*
　묻노라 저 선사야 · *117*

신정하 申靖夏 *118*
　벼슬이 좋다 한들 · *118*/전산 작야우에 · *118*

신흠 申欽 *119*
　간밤 비오더니 · *119*/꽃지고 속잎나니 · *119*/공명이 긔 무엇고 ·
119/남산 깊은 골에 · *120*/내 가슴 헤친 피로 · *120*/냇가의 해오
라바 · *120*/노래 삼긴 사람 · *121*/반되불이 되다 · *121*/산촌에 눈
이 오니 · *121*/술 먹고 노는 일을 · *122*/술이 몇 가지오 · *122*/아
침은 비오더니 · *122*/어젯밤 눈온 후에 · *123*/초목이 다 매몰한
제 · *123*/한식 비온 밤에 · *123*/혓가레 기나 자르나 · *124*

서익 徐益 *124*
　녹초 청강상에 · *124*/이 뫼흘 헐어내어 · *125*

신희문 申喜文 ·· 125
　논밭 갈아 기음매고·125/두고 가는 이별·126/뵈잠방이 호미
　메고·126/청춘에 이별한 님이·126

안민영 安玟英 ·· 127
　꾀꼬리 고은 노래·127/높으락 나즈락하며·127/눈으로 기약터
　니·127/담 안에 섯는 꽃은·128/동각에 숨은 꽃이·128/매영이
　부딪친 창에·128/바람이 눈을 몰아·129/빙자옥질이여·129/저
　건너 나부산·130/해 지고 돋는 달이·130

안연보 安烟甫 ·· 131
　그려 병드는 재미·131/사람이 사람을 그려·131/유유이 가는
　구름·131

안정 安挺 ·· 132
　전나귀 모노라니·132/청우를 빗기 타고·132

양사언 楊士彦 ·· 133
　태산이 높다 하되·133

양응정 梁應鼎 ·· 134
　엄동에 뵈옷 입고·134

오경화 吳擎華 ·· 134
　곡구농 우는 소리에·135

왕방연 王邦衍 ·· 135
　천만리 머나먼 길에·135

우탁 禹倬 ·· 136
　춘산에 눈 녹인 바람·136/한 손에 막대 잡고·136

원천석 元天錫 ·· 137
　눈 맞아 휘어진 대를·137/흥망이 유수하니·137

원호 元昊 ·· 138
　간밤에 우던 여흘·138

유세신 庾世信 ·· 138
　님의게서 오신 편지·138/여외고 병든 말을·139

유숭 兪崇 ·· 139

간밤 오던 비에 · 139/청계변 백사상에 · 140

유심영 柳心永 ·· 140
　매화 한 가지에 · 140

유응부 兪應孚 ·· 141
　간밤에 부던 바람 · 141/엇그제 부던 바람 · 141

유자신 柳自新 ·· 142
　추산이 석양을 띠고 · 142

유천군 儒川君 ·· 142
　어제도 난취하고 · 142/추산이 추풍을 띄고 · 143

유혁연 柳赫然 ·· 143
　닫는 말 서서 늙고 · 143

유희춘 柳希春 ·· 144
　미나리 한 펄기를 · 144

윤두서 尹斗緖 ·· 145
　옥에 흙이 묻어 · 145

윤선도 尹善道 ·· 145
　간밤에 눈 갠 후에 · 146/보리밥 풋나물을 · 146/잔 들고 혼자 앉
아 · 147/누고셔 삼공도곤 · 147/월출산이 높더니마는 · 148/비오
는데 들헤 가랴 · 148/석양 넘은 후에 · 148/환자 타 산다 하고 ·
149/내 벗이 몇이나 하니 · 149/구름빛이 좋다 하나 · 150/곳은
무스 일로 · 150/더우면 곳 퓌고 · 151/나모도 아닌 것이 · 151/작
은 것이 높이 떠서 · 151/슬프나 즐거오나 · 152/뫼흔 길고 길고
· 152/궂은비 개단 말가 · 153/건곤이 제곰인가 · 153/고은 볕이
쬐얀는데 · 154/구름이 걷은 후에 · 154/궂은비 멎어가고 · 155/그
물 낙시 잊어 두고 · 155/기러기 떳는 밖에 · 156/긴 날이 저무는
줄 · 156/ 낙시줄 걸어 놓고 · 157/내일이 또 업스랴 · 157/단애취
벽이 화병같이 · 158/동풍이 건듯 부니 · 158/몰래 우희 그물 널
고 · 159/물결이 흐리거든 · 159/방초를 바라보며 · 160/백운이 이
러나고 · 160/석양이 빗겨시니 · 161/석양이 좋다마는 · 161/수국
에 가을이 드니 · 162/앞 개에 안개 걷고 · 162/연닢에 밥 싸두고

· *163*/와실을 바라보니 · *163*/우는 것이 버꾸기가 · *164*/은순옥척이 몇이나 · *164*/자러 가는 가마괴 · *165*/주대 다스리고 · *166*/즐기기도 하려니와 · *166*/창주오도를 · *166*/취하야 누었다가 · *167*/흰 이슬 빗겻는데 · *168*

윤유 尹遊 *168*
　청류벽에 배를 매고 · *169*

이개 李塏 *169*
　방안에 혓는 촉불 · *169*/창 밖에 셧난 촉불 · *170*

이규보 李奎報 *170*
　일란코 풍화한대 · *170*

이덕일 李德一 *171*
　마리소서 마리소서 · *171*/싸움에 시비만 하고 · *171*/힘써 하는 싸홈 · *172*

이덕함 李德涵 *172*
　잇브면 잠을 들고 · *172*/청창에 낮잠 깨어 · *172*

이덕형 李德馨 *173*
　달이 두렷하여 · *173*/큰 잔에 가득 부어 · *173*

이명한 李明漢 *174*
　꿈에 다니는 길이 · *174*/녹수청산 깊은 골에 · *174*/반나마 늙었으니 · *175*/서산에 일모하니 · *175*/초강 어부들아 · *175*

이방원 李芳遠 *176*
　이런들 어떠하며 · *176*

이상두 李象斗 *176*
　주인이 술 부으니 · *177*

이색 李穡 *177*
　백설이 자자진 골에 · *177*

이순신 李舜臣 *178*
　한산섬 달 밝은 밤에 · *178*

이안눌 李安訥 *178*
　천지로 장막삼고 · *179*

이양원 李陽元 ··· *179*
　높으나 높은 남게 · *179*

이완 李浣 ··· *180*
　군산을 삭평턴들 · *180*

이원익 李元翼 ··· *180*
　녹양이 천만사ㄴ들 · *181*

이유 李溎 ··· *181*
　불여귀 불여귀하니 · *181*/에엿분 네 님금을 · *182*/자규야 우지 마
　라 · *182*

이이 李珥 ··· *182*
　고산구곡담을 · *183*/구곡은　어드메고 · *183*/사곡은　어드메오 ·
　184/삼곡은 어드메오 · *184*/오곡은 어드메오 · *185*/육곡은 어드메
　오 · *185*/이곡은 어드메고 · *186*/일곡은 어드메오 · *186*/칠곡은 어
　드메오 · *186*/팔곡은 어드메오 · *187*

이재 李在 ··· *187*
　샐별지자 종다리 떴다 · *187*/샐별지고 종달이 떴다 · *188*

이정 李婷 ··· *188*
　추강에 밤이 드니 · *188*

이정귀 李廷龜 ··· *189*
　님을 믿을 것가 · *189*

이정보 李鼎輔 ··· *190*
　가마귀 저 가마귀 · *190*/가을 타작 다한 후에 · *190*/각시네 꽃을
　보소 · *191*/간밤에 자고 간 그놈 · *191*/검은 것은 가마귀요 · *191*/
　꽃 피면 달 생각하고 · *192*/광풍에 떨린 이화 · *192*/꿈에 님을 보
　려 · *192*/낙일은 서산에 저서 · *193*/누고서 광하천만간을 · *193*/늙
　게야 만난 님을 · *194*/님 그려 얻은 병을 · *194*/님으란 회양 금성
　· *194*/두견아 우지 마라 · *195*/물 우횟 사공 · *195*/문노라 부나븨
　야 · *196*/사람이 늙은 후에 · *196*/산가에 봄이 오니 · *197*/생매 같
　은 저 각씨님 · *197*/아마도 모를 일은 · *198*/오동 성긴 비에 ·
　198/올여논 물 실어 놓고 · *199*/잇노라 즑여 말고 · *199*/천산에

눈이 오니 · *199*/평생에 원하기를 · *200*

이정섭　李廷燮 ·· *200*
　알앗노라 알앗노라 · *200*

이정진　李廷藎 ·· *201*
　남이 해할지라도 · *201*/늙어 좋은 일이 · *201*/매아미 맵다 울고 ·
　201/밝가벗은 아해들이 · *202*/죽기 설웨란들 · *202*

이정환　李廷煥 ·· *203*
　구렁에 낫는 풀이 · *203*/조그만 이 한 몸이 · *203*

이조년　李兆年 ·· *204*
　이화에 월백하고 · *204*

이존오　李存吾 ·· *204*
　구름이 무심탄 말이 · *205*

이택　李澤 ·· *205*
　감장새 작다 하고 · *205*

이항복　李恒福 ·· *206*
　시절도 저러하니 · *206*/철령 높은 봉에 · *206*

이현보　李賢輔 ·· *207*
　굽어는 천심녹수 · *207*/농암에 올라보니 · *207*

이황　李滉 ·· *208*
　고인도 날 못 보고 · *208*/당시에 녀던 길을 · *209*/산전에 유대하
　고 · *209*/이런들 어떠하며 저런들 · *209*/청량산 육륙봉을 · *210*/청
　산은 엇제하여 · *210*

이후백　李後白 ·· *211*
　추상에 놀란 기러기 · *211*

익종　翼宗 ·· *212*
　고흘샤 월하보에 · *212*

인평대군　麟坪大君 ······································ *212*
　주인이 호사하야 · *213*

임의직　任義直 ·· *213*
　강촌에 일모하니 · *213*

임제 林悌 ……………………………………………………… 214
  북천이 맑다커늘 · 214/청초 욱어진 골에 · 214
장만 張晩 ……………………………………………………… 215
  풍파에 놀란 사공 · 215
정도전 鄭道傳 ………………………………………………… 216
  선인교 나린 물이 · 216
정두경 鄭斗卿 ………………………………………………… 217
  금준에 가득한 술을 · 217
정몽주 鄭夢周 ………………………………………………… 217
  이 몸이 죽어죽어 · 217
정몽주 모친 鄭夢周 母親 …………………………………… 218
  가마귀 싸호는 골에 · 218
정온 鄭蘊 ……………………………………………………… 219
  책 덮고 창을 여니 · 219
정지상 鄭知常 ………………………………………………… 219
  우갈장제 초색다하니 · 220
정철 鄭澈 ……………………………………………………… 220
  간나회 가는 길흘 · 221/길 우희 두 돌부처 · 221/나모도 병이 드
니 · 221/내 마음 버혀내여 · 222/내 양자 남만 못한 줄 · 222/네
아들 효경 읽더니 · 222/대 우헤 심근 느틔 · 223/마을 사람들아
· 223/비록 못 입어도 · 223/새원 원쥬되여 · 224/선우음 참노라
하니 · 224/송림에 눈이 오니 · 225/쇠나기 한줄기미 · 225/쓴나물
데온 물이 · 225/심의산 세네 바회 · 226/아바님 날 낳으시고 ·
226/어버이 살아신 제 · 226/어와 동량재를 · 227/오늘도 다 새거
다 · 227/이고 진 저 늙은이 · 228/일정 백년 산들 · 228/재 넘어
성권농 집이 · 228/져기 섯는 져 소나모 · 229/중셔당 백옥배를 ·
229/청천 구름 밖에 · 230/한 몸 둘에 · 230/한잔 먹새그녀 · 230/
형아 아우야 · 321/흥망이 수 없으니 · 231
정충신 鄭忠信 ………………………………………………… 232
  공산이 적막한듸 · 232

정태화 鄭太和 233
　술을 취케 먹고 · 233
조광조 趙光祖 233
　저 건너 일편석이 · 234
조명리 趙明履 234
　설악산 가는 길에 · 234
조식 曺植 235
　두류산 양단수를 · 235
조존성 趙存性 .... · 235
　아희야 구럭망태 · 236
조준 趙浚 236
　술을 취케 먹고 오다가 · 236
조찬한 趙纘韓 237
　빈천을 팔랴하고 · 237
조헌 趙憲 238
　지당에 비 뿌리고 · 238
주세붕 周世鵬 238
　아버님 날 낳으시고 · 239/종과 항것과를 · 239/형님 자신 젖을 ·
　239
주의식 朱義植 240
　인생을 혜여하니 · 240/창 밖에 아희 와서 · 240/하늘이 높다 하
　고 · 241
진옥 眞玉 241
　철이 철이라커늘 · 241
천금 千錦 242
　산촌에 밤이 드니 · 242
최영 崔瑩 242
　녹이상제 살지게 먹여 · 243
한우 寒雨 243
　어이 얼어 자리 · 243

한호 韓濩 ·· 244
　집방석 내지 마라 · 244
허강 許橿 ·· 244
　뫼한 높으나 높고 · 245
허정 許珽 ·· 245
　이영이 다 거두치니 · 245
호석균 扈錫均 ····································· 246
　꿈에나 님을 볼려 · 246
홍낭 洪娘 ·· 246
　묏버들 갈해 것거 · 246
홍서봉 洪瑞鳳 ····································· 247
　이별하던 날에 · 247
홍익한 洪翼漢 ····································· 248
　수양산 나린 물이 · 248
홍장 紅粧 ·· 248
　한송정 달 밝은 밤에 · 248
홍춘경 洪春卿 ····································· 249
　주렴을 반만 열고 · 249
황진이 黃眞伊 ····································· 250
　내 언제 신이 없어 · 250/산은 옛 산이로되 · 250/동지ㅅ달 기나
　긴 밤을 · 250/어져 내 일이여 · 251/청산리 벽계수야 · 251/청산
　은 내 뜻이오 · 252
황희 黃喜 ·· 252
　강호에 봄이 드니 이 몸이 · 252/대쵸볼 붉은 골에 · 253
효종 孝宗 ·· 253
　청강에 비 듣는 소리 · 253/청석령 지나거냐 · 254

無名氏篇

평시조 平時調 ····································· 257

간밤에 부던 바람에·257/거울에 비췬 얼골·257/겨울날 다스한 볕을·257/꽃은 밤비에 피고·258/굼벙이 매암이 되야·258/나뷔야 청산 가자·258/내 본시 남만 못하야·259/내 옷에 내 밥 먹고·259/누리소서 누리소서·259/누운들 잠이 오며·259/닷드자 배 떠나니·260/동창에 돗앗던 달이·260/듣는 말 보는 일을·260/만수산 만수봉에·261/말이 놀라거늘·261/말하기 좋다 하고·261/먼뎃 개 자로 짖어·262/물 아래 그림자지니·262/백초를 다 심어도·262/사랑이 엇더터니·263/설월이 만정한데·263/세상 사람들이 입들만·263/시비에 개 짖어도·264/어져 세상 사람·264/오날도 조흔 날이오·264/오날이 오날이소서·264/젓소리 반겨 듣고·265/천세를 누리소서·265/치위를 막을 선정·265/해 다 져믄 날에·266

사설시조   辭說時調 ·· 267
귀또리 귀또리·267/나무도 바히돌도·267/논밭 갈아 기음 매고·268/달바자는 쟁쟁 울고·269/대천 바다 한가운데·269/모시를 이리저리 삼다·270/바독바독 뒤얽은 놈아·270/바독이 검동이·271/바람도 쉬여·271/사랑 사랑 고고이 매친 사랑·272/수박 것치 두렷한 님아·272/앞논에 오려를 뷔여·272/창 내고자 창 내고자·273/창 밖이 어룬어룬커늘·273

찾아보기·275

有名氏篇

강백년　姜栢年

작자소개

　선조 36~숙종 7(1603~1681), 자는 叔久. 호는 雪峰 · 閑溪
· 聽月軒. 본관은 晉州. 문과 중시에 장원하여 좌참찬 · 판중추부
사를 거쳐 예조판서에 이르고, 사후에 영의정에 추증됨. 시호는
文貞. 저서로는 雪峰集 · 閑溪漫錄 등이 있음. 시조 1수 전함.

　청춘에 곱던 양자 님으뢰야 다 늙거다
　이제 님이 보면 날인 줄 알으실가
　아모나 내 형용 그려다가 님의 소대 드리고져

〈珍靑168〉

낱말풀이

　양자—모습. 님으뢰야—임으로 인하여. 늙거다—늙었다. 님
의 소대—임에게. 드리고져—드리고 싶다.

강 익　姜 翼

작자소개

　중종 18~?(1523~?). 자는 仲輔. 호는 介菴 · 松菴. 본관은
晉州. 일찍 등제하였으나 벼슬길에 오르지 않고, 초야에 숨어 있
다가 선조 초에 소격서 참봉에 임명되어 부임 도중에 병사함. 시
조 3수 介菴集에 전함.

　물아 어디 가난 갈 길 머러셔라

뉘누라 다 채워 지내노라 여흘여흘
창해(滄海)에 몯밋츤 젼에야 그칠 줄이 이시랴

〈介菴集〉

낱말풀이

가난—가느냐. 머러셔라—멀었도다. 뉘누라—물살. 소용돌
이. 여흘여흘—여울과 여울. **몯**밋츤젼—미치기 전. 이르기 이전.

시비(柴扉)에 개 짖는다 이 산촌에 그 뉘오리
댓잎 푸른데 봄ㅅ새 울 소리로다
아혜야 날 추심오나든 채미가다 하여라

〈介庵集〉

낱말풀이

시비—사립문. 뉘—누가. 봄ㅅ새 울—봄에 새 우는. 아혜야
—아해(兒孩)야, 아이야. 추심(推尋)—찾아옴. 오나든—오거
든. 채미(採薇)가다—고사리 캐러 갔다.

지란(芝蘭)을 갖고랴 하여 호미를 둘러메고
전원(田園)을 돌아보니 반이나마 형극이다
아해야 이 기음 못 다 매어 해 저믈까 하노라

〈介菴集〉

낱말풀이

지란—영지(靈芝)와 난초. 갖고랴—가꾸려. 반이나마—반
이상이. 형극(荊棘)—가시덤불. 아해야—감탄사, 아아.

계 랑 桂 娘

작자소개

중종 8~명종 5년(1513~1550). 명종 때의 扶安 고을의 名
妓로 가무와 시문에 뛰어났음. 성은 李. 호는 梅窓 또는 癸生·
桂生. 본명은 香今. 문집으로 梅窓集이 있음. 시조 1수 전함.

이화우(梨花雨) 흩뿌릴 제 울며 잡고 이별한 임
추풍낙엽(秋風落葉) 저도 날 생각는가
천리(千里)에 외로운 꿈만 오락가락 하노매

〈珍青367〉

낱말풀이

이화우―배꽃과 비. 흩뿌릴 제―흩어뿌릴 때. 추풍낙엽―가
을 바람에 떨어지는 나뭇잎. 하노매―하는구나.

참 고

이 시조는 작가와 정이 두터웠던 村隱 柳希慶이 하루 아침
에 서울로 돌아간 후 일체 소식이 없자 세상을 탄식하며, 이
시조를 짓고 수절했다는 비가다.

계 섬 桂 蟾

작자소개

신원 미상. 시조 1수 전함.

청춘은 언제 가며 백발은 언제 온고

오고 가는 길을 아돗던들 막을 것을
알고도 못 막는 길이니 그를 슬허하노라

〈花樂196〉

낱말풀이

아돗던들―알았던들. 슬허―슬퍼.

고경명 高敬命

작자소개

중종 28~선조 25(1533~1592). 자는 而順. 호는 霽峰·苔
軒, 본관은 長興. 명종 13년 식년시에 장원. 울산·영암·서산
등의 원님을 거쳐 동래 부사에 오름. 1592년 임진왜란 때 金千
鎰과 함께 의병을 일으켜 금산에서 전사함. 좌찬성에 추증, 시호
는 忠烈. 시조 3수 전함.

보거든 슬뮈거나 못 보거든 닛치거나
제 낳지 말거나 내 저를 모르거나
찰하로 내 먼저 최여셔 글이게 하리라

〈花樂411〉

낱말풀이

슬뮈거나―싫고 밉거나. 닛치거나―잊히거나. 찰하로―차라
리. 최여셔―없어져서. 글이게―그리워하게.

구 용 具 容

작자소개

광해군 때 학자. 자는 大受. 호는 竹牕. 본관은 綾城. 벼슬은 현감을 지냈고, 權韠·李安訥과 가까웠음. 시조 1수 전함

벽해(碧海) 갈류후(竭流後) 모래 모혀 섬이 되어
무정방초(無情芳草)는 해마다 푸르르되
어찌타 우리의 왕손은 귀불귀(歸不歸)를 하느니

〈花樂8〉

낱말풀이

벽해 갈류후—푸른 바다가 다 흐른 뒤. 무정방초—무정한 풀. 귀불귀—한 번 죽어 다시 돌아오지 아니함.

참 고

광해군이 영창대군을 나이 겨우 열다섯에 억울하게 죽게 한 슬픈 일을 생각하며 지은 노래라 함.

구 지 求 之

작자소개

평양 기생. 시조 1수 전함.

장송(長松)으로 배를 무어 대동강에 띄워 두고
유일지(柳一枝) 휘여다가 굿이굿이 매얏는데

어듸셔 망령(妄伶)엣 것은 소해 들라 하느니

〈注海142〉

낱말풀이

무어―만들어. 유일지―버드나무 한 가지. 여기서는 작자의
애부(愛夫)이름이라 함. 굿이굿이―굳게 굳게. 망령엣 것―망
령된 것. 소해―소(沼)에. 즉 나쁜 유혹을 비유한 듯. 하느니
―하느냐.

구지정 具志禎

작자소개

본관은 綾城. 綾豊君인 仁墾의 손. 숙종 때 南九萬의 추천으로
공주ㆍ황주 등의 목사를 지냄. 시조 1수 전함.

쥐 찬 소로기들아 배 부르로라 자랑 마라
청강(淸江) 여윈 학(鶴)이 주린들 부를소냐
내 몸이 한가하야마는 살 못진들 어떠리

〈珍靑340〉

낱말풀이

쥐 찬―쥐를 잡아 챈. 소로기―솔개. 배 부르로라―배 부르
다. 청강―맑게 흐르는 강. 여윈―여윈. 마른. 부를소냐―부러
워할소냐. 한가하야마는―한가하고서는.

권 필 權 韠

작자소개

　선조 2~광해군 4(1569~1612). 자는 汝章. 호는 石洲. 본
관은 安東. 習齋 擘의 아들. 童蒙教官이 되었다가 禮曹에게 參詣
하라 하자 벼슬을 버렸음. 사람됨이 호방하여 詩酒를 즐김.
1612년 金直哉의 무옥에 연좌되어 친국을 받고 유배 중 죽음.
저서로는 偉敬天傳·周生傳·石注集이 있음. 시조 1수 전함.

　이 몸이 되올찐대 무엇이 될꼬하니
　곤륜산(崑崙山) 상상봉에 낙락장송되었다가
　군산(群山)에 운만(雲滿)하거던 홀로 우뚝하리라

〈注海122〉

낱말풀이

　되올찐대―될진대. 낙락장송―가지가 축 늘어지고 키가 큰
소나무. 군산―여러 산.

권호문 權好文

작자소개

　중종 27~선조 20(1532~1587). 자는 章仲. 호는 松巖. 본
관은 永嘉 鞋의 아들. 李滉의 문인. 1561년에 진사에 급제. 벼
슬을 단념하고 송암서원에서 후배 양성에 힘씀. 저서로는 松巖集
이 있음. 閑居十八曲 등 시조를 지음. 시조 19수 전함.

날이 저물거늘 나외야 할 일 없어
송관(松關)을 닫고 월하(月下)에 누어시니
세상에 띠끌 마음이 일호말(一毫末)도 없다

〈松巖遺稿13〉

낱말풀이

나외야―다시. 송관―소나무가지로 걸은 문. 띠끌―티끌.
일호말―털끝, 조금도.

참 고

한거 18곡의 하나.

말리 말리하대 이 일 말기 어렵다
이 일 말면 일신이 한가하다
어지게 어ㄸ제 하던 일이 다 왼줄 알과라

〈松巖遺稿7〉

낱말풀이

말리―그만두리. 어지게―감탄사. 왼줄―잘못인 줄, 그른
줄. 알과라―알겠구나.

참 고

한거 18곡의 하나.

비록 못 일워도 임천(林泉)이 좋으니라
무심어조는 자한한(自閒閒) 하얏나니
조만(早晚)에 세사 잊고 너를 좇으려 하노라

〈松巖遺稿3〉

낱말풀이

임천—수풀과 샘. 은사(隱士)의 정원. 무심어조(無心魚鳥)
—뜻없는 고기와 새. 자한한—스스로 한가함. 조만—조만간.

참 고

한거 18곡의 하나.

성현의 가신 길이 만고에 한가지라
은(隱)커나 현(現)커나 도(道)가 어찌 다르리
일도이요 다르지 아니커니 아무덴들 어떠리

〈松巖遺稿17〉

낱말풀이

성현—성인과 현인. 은커나 현커나—숨거나 나타나거나.

참 고

한거 18곡의 하나.

제월(霽月)이 구름뜯고 솔끝에 나라올라
십분청광(十分淸光) 벽계중(碧溪中)에 비껴거늘
이디 잇는 물일한 갈매기 나를 좇아오는다.

〈松巖遺稿12〉

낱말풀이

제월—갠 날의 달. 구름뜯고—구름을 헤치고. 물일한—무리
를 이룬, 떼를 지은. 좇아오는다—좇아오느냐.

참 고

한거 18곡의 하나.

하려 하려하대 이 뜻 못 하여라
이 뜻하면 지락(至樂)이 잇나니라
우읍다 어ㄲ제 아니턴 일을 뉘 옳다 하던고

〈松巖遺稿6〉

낱말풀이

　이 뜻하면―이 뜻을 행하면. 지락―지극한 즐거움. 우읍다
―우습다. 뉘―누가.

참 고

　한거 18곡의 하나.

금 홍 錦 紅

작자소개

신원 미상. 평양인(平壤人). 시조 1수 전함.

벽천 홍안성에 창을 열고 내다보니
설월이 만정하여 님의 곳 비취려니
아마도 심중안전수는 나뿐인가 하노라

〈李靑717〉

낱말풀이

　벽천 홍안성(碧天鴻雁聲)―맑은 가을 하늘을 나는 기러기
소리. 님의 곳―임이 계신 곳. 비취려니―비칠 것이니. 아마도
―「아마의 강조어. 대개, 거의의 뜻. 심중안전수(心中眼前愁)
―마음속 깊이 들어 있는 당장의 근심.

기대승 奇大升

작자소개

중종 22~선조 5(1527~1572). 자는 明彦. 호는 高峰·存齋. 본관은 幸州. 식년시에 급제, 예문응교·대사간을 역임. 시조 1수 전함.

호화코 부귀키야 신릉군(信陵君)만 할가마는
백년 못 하야서 무덤 위에 밭을 가니
하믈며 녀나믄 장부야 일러 무삼하리오
〈珍靑426〉

낱말풀이

신릉군—중국의 지명. 위국(魏國)의 공자 무기(無忌)가 이곳에 봉함을 받고 「신릉군」이라 했음. 무덤 위에 밭을 가니—이태백(李太白)의 양원음(梁園吟)의 일절에 나오는 말. 즉, 「昔人豪貴信陵君 今人耕種信陵墳」 부귀의 덧없음을 말함. 녀나믄—다른, 남은.

기정진 奇正鎭

작자소개

정조 22~고종 13(1798~1876). 자는 大中. 호는 蘆沙. 나이 8,9세에 이미 經史에 통하여, 鄕黨의 선망을 한몸에 받으며, 유학에 전심하다가 후에 진사에 급제, 마침내 호조참판이 됨. 저서로는 蘆沙文集이 있음. 시조 1수 전함.

공명도 너 하여라 호걸도 나 스르어
문 닫으니 심산이오 책 펴니 사우(師友)로다
오라는 데 없건마는 흥 다하면 갈가 하노라

〈蘆沙集〉

낱말풀이

스르어―싫어. 사우―스승과 벗, 스승으로 삼을 만한 벗.

길 재 吉 再

작자소개

고려 공민왕 2~세종 1(1353~1419). 자는 再父. 호는 冶隱
·金烏山人. 본관은 善山. 일찍 鄭夢周, 李穡, 權近 등에게 성리
학을 공부했고, 1386년 문과에 급제, 그 다음 해에 成均館學正,
이듬해 諄諭博士가 됨. 李芳遠이 태자가 되어 太常博士를 주었으
나 거절. 저서로는 冶隱集이 있음. 시조 2수 전함.

오백 년 도읍지를 필마로 돌아드니
산천은 의구하되 인걸은 간 데 없다
어즈버 태평연월이 꿈이런가 하노라

〈珍靑364〉

낱말풀이

오백 년 도읍지―고려가 오백 년 동안 도읍하던 곳(개성).
필마(匹馬)―한 마리의 말. 의구(依舊)하되―옛날과 다름없으
나. 인걸(人傑)―뛰어난 인물. 어즈버―슬픔을 나타내는 감탄
사의 일종. 태평연월(太平烟月)―태평한 세월. 꿈이런가―꿈

이던가.

김광석　金光錫

작자소개

신원 미상. 시조 2수 전함.

재 넘어 싀앗을 두고 손뼉치며 애써 가니
말만한 삿갓집에 헌 덕석 펼쳐 덮고
연놈이 한데 누워 얽지고 틀어졌다
이제는 얼이 복이 반뇌군에 들거꾸나
두어라 모밀떡에 두 장고(杖鼓)를 말려 무슴하리요

〈靑邱歌謠15〉

낱말풀이

　싀앗―시앗, 남편의 첩. 여기선 첩. 말만한―말〔斗〕만한.
즉 작은. 얽지고 틀어졌다―얽어지고 틀어졌다. 얼이 복이―어
리보기, 얼뜨고 어둔한 사람. 반뇌군(叛奴軍)―발룩꾼. 하는
일 없이 떠돌아다니며 난봉을 피우는 사람. 모밀떡 두 장고―
성기(性器)를 은유한 말이 아닌가 싶다. 말려 무슴하리요―말
려서 무엇하겠는가.

김광욱　金光煜

작자소개

선조 13~효종 7(1580~1656). 자는 晦而. 호는 竹所. 본관

은 安東. 선조 39년에 진사에 장원, 이후 형조판서·한성판윤·
경기감사·좌참찬에 이르렀음. 저서로는 竹所集이 있음. 시조 22
수 전함.

강산 한아한 풍경 다 주어 맡아 있어
내 혼자 님자여니 뉘라서 다툴소냐
남이야 숨꾸지 너긴들 난화 볼 줄 있으랴

〈珍靑149〉

낱말풀이

　　님자여니—임자이니.　숨꾸지—심술궂게.　너긴들—여긴들.
난화—나누어.

공명(功名)도 잊엇노라 부귀도 잊엇노라
세상 번우한 일 다 주어 잊엇노라
내 몸을 내마자 잊으니 남이 아니 잊으랴

낱말풀이

　　번우(煩憂)한—번거롭고 시름겨운.　다 주어—모조리

참 고

　　고향에 은거하던 때 지은 栗里遺曲 중의 2.

세상 사람들이 다 쓸어 어리더라
죽을 줄 알면서 놀 줄란 모르더라
우리는 그런 줄 알므로 장일취로 노노라

〈珍靑157〉

낱말풀이

다 쓸어―다 쓸어잡아. 모두 다. 어리더라―어리석더라. 장
일취(長日醉)―온종일 취함.

어와 저 백구야 므슴 수고 하는슨다

갈숲으로 바자니며 고기 엿기 하는고야

날같이 군 마음 없이 잠만 들면 엇더리

〈珍靑151〉

낱말풀이

므슴―무슨. 하는슨다―하느냐. 갈숲―갈대숲. 바자니며―
바장이며, 배회하며. 엿기―엿보기. 하는고야―하는구나. 날같
이―나처럼. 군 마음―딴 마음, 다른 생각.

참 고

栗里遺曲 5.

김굉필 金宏弼

작자소개

단종 2~연산군 10(1454~1504). 자는 大猷. 호는 寒暄堂.
본관은 瑞興. 金宗直의 문인으로 성리학을 수업하여 대성하였음.
후에 형조좌랑에 이르렀으나, 무오사화로 사사되었음. 시조 1수
전함.

삿갓에 도롱이 입고 세우중(細雨中)에 호미 메고

산전(山田)을 훗매다가 녹음에 누웠으니

목동이 우양(牛羊)을 몰아 잠든 나를 깨와다

〈珍靑323〉

낱말풀이

훗매다가—흩어 매다가. 깨와다—깨우도다

김 구 金 絿

작자소개

성종 19~중종 29(1488~1534). 자는 大柔. 호는 自庵. 본
관은 光州. 金宏弼의 문인. 생원·진사·별시에 급제, 부제학을
지내다가 기묘사화 때 개령·해남 등으로 귀양살이 13년, 그 무
렵에 花田別曲을 지었음. 글씨에 뛰어나 조선 전기의 4대 서도가
중의 한 사람. 저서로는 自庵集 등이 있음. 시조 5수 전함.

나온자 금일이야 즐거온자 오날이야
고왕금래에 유없는 금일이여
매일에 오늘 같으면 무삼 셩이 가새리

〈自庵集4〉

낱말풀이

나온자—즐겁도다. 고왕금래(古往今來)—예로부터 이제까
지. 무삼—무슨. 셩이 가새리—성가신 일이 있으리.

여기를 져기 삼고 저기를 예 삼고져
여기 저기를 멀게도 삼길시고
이 몸이 호접이 되어 오명가명 하고져

〈自庵集〉

낱말풀이

져기―저기. 예―여기. 삼길시고―생겼구나. 오명가명―오
며 가며.

올해 달은 다리 학의 다리 되도록에
검은 가마괴 해오라비 되도록에
향복무강(享福無疆)하샤 억만세를 누리소서

〈自庵集5〉

낱말풀이

올해―오리의. 달은―짧은. 되도록에―되도록. 가마괴―까
마귀. 해오라비―해오라기. 향복무강―끝없이 오래오래 복을
누림. 억만세―아주 많은 나이.

참 고

이 시조는 조선 중종대왕이 옥당으로 찾아와 술을 권하며
시조 짓기를 청하자 감격하여 지은 것이라 함.

태산(泰山)이 높다 하여도 하늘 아래 뫼히로다
하해(河海) 깁다 하여도 따 우혜 물이로다
아마도 높고 깁플슨 성은(聖恩)인가 하노라

〈自庵集2〉

낱말풀이

뫼히로다―산이로다. 따 우혜―땅 위에. 깁다―깊다. 깁플
슨―깊은 것은. 성은―임금의 은혜.

김덕령 金德齡

작자소개

명종 22~선조 29(1567~1596). 자는 景樹. 광주 石底村
출신. 牛溪 成渾의 문인. 임진왜란 때 형조좌랑이 되어 전주에서
의병을 일으켜 남원에서 크게 승전함. 李夢鶴의 모반과 柳誠龍의
잘못으로 고문을 당하여 오사함. 후에 忠壯 시호를 받음. 시조 1
수 전함.

　　춘산에 불이 나니 못 다 핀 꽃 다 붙는다
　　저 뫼 저 불은 끌 물이나 잇거니와
　　이 몸의 내없는 불나니 끌 물 없어 하노라

〈金忠壯公遺事〉

낱말풀이

　　내없는─연기 없는.

참 고

　　작가가 병신년에 옥중에서 억울함을 읊은 노래라 함.

김두성 金斗性

작자소개

　　조선 중기의 歌人. 일명 斗星. 숙종 때 金天澤, 金壽長과 함께
敬亭山歌壇에서 교유함. 시조 19수 전함.

　　나니 언제런지 어제런지 그제런지

월파정 밝은 달 아래 뉘짓 술에 취하엿듯지
진실로 먹엇실싸 먹은 집을 몰래라
〈靑邱歌謠64〉

낱말풀이

　언제런지─언제인지.

중과 승(僧)과 만첩산중(萬疊山中)에 만나 어드러로
가오
　어드러로 오시는 게 산(山) 좋고 물 좋은데 갈씨를
붙쳐 보오 두 곳 갈이 한데 닿아 너픈너픈 하는 양은
백모란 (白牧丹) 두 퍼귀가 춘풍에 휘듯는 듯
　아마도 공산(空山)에 이 썰음은 중과 승(僧)과 둘뿐
이라
〈靑邱歌謠74〉

낱말풀이

　승─비구니(比丘尼), 여승. 만첩산중─겹겹이 둘러싸인 깊
은 산속. 어드러로─어디로. 오시는 게─오시는 것이오. 갈씨
─「곳갈 씨름」의 오기(誤記). 고깔은 중의 머리에 쓰는 건
(巾). 두 퍼귀─두 포기. 휘듯는 듯─휘들거리는 듯.

참 고

　사설시조임.

창 밖에 감아솟 막키라는 장수 이별나는 구멍 막히옵
는가
　그 궁기 본래 물이 흐르매 자고로 영웅호걸들도 지혜

로 못 막았고 허믈며 서초백왕(西楚伯王)의 힘으로 능
히 못 막았으니 하 우은말 마오
  진실로 장수의 말과 같을진대 장이별(長離別)인가 하
노라

〈靑邱歌謠65〉

낱말풀이

  감아솟―가마솥, 큰 솥. 막키라는―막으라는, 때우라는. 이
별나는―이별이 생기는. 궁기―구멍. 흐르매―흐름으로. 영웅
호걸―뛰어나게 재주있고 호방한 사람. 서초백왕―항우. 우미
인(虞美人)과의 이별을 말함. 하―매우, 몹시. 우은말―우스운
말. 장이별―긴 이별.

참 고

  사설시조임.

김묵수 金默壽

작자소개

  자는 始慶. 爾淑의 아들. 노래에 능하고 글씨를 잘 썼음. 金天
澤, 金壽長의 후배로서 경정산가단의 한 사람. 시조 8수 전함.

  촉제(蜀帝)의 죽은 혼이 접동새 되야 있어
  밤마다 슬피 울어 피눈물로 그치느니
  우리의 님 그린 눈물은 어느 때에 그칠고

〈靑邱歌謠49〉

낱말풀이

촉제—중국 촉의 망제(望帝). 접동새—두견새. 그치느니—
그치느냐.

김민순   金敏淳

작자소개

자는 愼汝. 호는 梅翁·梅月松風. 본관은 安東. 음사하여 현감
을 지냄. 조선 말의 가객. 시조 15수 전함.

남원(南園)에 꽃을 심어 백년춘색 보려터니
일조풍상(一朝風霜)에 퓌는 듯 이울거다
어즙어 탐화봉접(探花蜂蝶)은 갈 곳 몰라 하노라

〈六靑255〉

낱말풀이

남원—남쪽 뜰. 백년춘색(百年春色)—오래오래 아름다운 봄
빛. 일조풍상—하루 아침의 바람과 서리. 퓌는 듯—피자마자. 이
울거다—이울었다, 시들었다. 탐화봉접—꽃을 찾는 벌과 나비.

내게는 병이 없서 잠 못 들어 병이로다
잔등(殘燈)이 다 진하고 닭이 울어 새오도록
오매(寤寐)에 님 생각노라 잠든 적이 없세라

〈六靑258〉

낱말풀이

잔등—꺼져 가는 등잔불. 새오도록—새우도록. 오매에—자

나깨나.

세상에 마음이 없어 북창하에 누웠으니
공명이 가소로다 지락이 여긔여니
이윽고 유의한 명월은 날을 좇아 오나다

〈花樂98〉

낱말풀이

지락(至樂)—지극한 즐거움. 여긔여니—여기이니.

김삼현 金三賢

작자소개

朱義植의 사위. 숙종 때 折衝將軍을 지냄. 벼슬을 그만둔 작가
는 장인과 더불어 산수를 벗삼아 즐김. 시조 6수 전함.

공명을 즐겨 마라 영욕이 반이로다
부귀를 탐치 마라 위기를 밟나니라
우리는 일신이 한가커니 두려온 일 없세라.

〈珍靑235〉

낱말풀이

영욕이 반이로다—영광도 따르지만 그와 함께 치욕도 있다.
두려온—두려운. 없세라—없구나.

녹양 춘삼월을 잡아매야 둘 것이면

센머리 뽑아내여 찬찬 동혀 두련마는
올해도 그리 못 하고 그저 노화 보내거다

〈珍青233〉

낱말풀이

　녹양―푸른 버들. 춘삼월―음력 삼월. 센머리―희게 센 머리. 찬찬 동혀―총총 얽어매어. 보내거다―보내었구나.

김상옥　金尙玉

작자소개

　海豊 사람. 무과에 급제하여 정종 때 병마사를 지냄. 시조 1수를 전함.

청산아 말 물어 보자 고금을 네 알리라
만고영웅(萬古英雄)이 몇몇이 지나더냐
이후에 뭇더니 있거든 날도 함께 닐너라

〈花樂195〉

낱말풀이

　뭇더니―묻는 사람. 날도―나도. 닐너라―말하여라.

김상용　金尙容

작자소개

　명종 16~인조 15(1561~1637). 자는 景擇. 호는 仙源. 본

관은 安東. 영의정 尙憲의 형임. 진사 증광시에 급제, 도승지 · 대
사헌 · 형조판서 역임. 병자호란 때 강화성이 함락되자, 자폭하여
죽음. 저서로는 仙源遺稿. 讀禮隨抄 등이 있음. 시조 4수 전함.

금로에 향진(香盡)하고 누성이 잔하도록
어디 가 있어 뉘 사랑 바치다가
월영(月影)이 상란간캐야 맥 바드라 왔나니

〈珍靑366〉

| 낱말풀이 |

　금로(金爐)—금으로 만든 향로. 향진하고—향이 다 타버리
고. 누성(漏聲)—물시계의 물 떨어지는 소리. 잔하도록—밤이
깊어가도록. 월영이 상란간—달 그림자가 난간에 오름. 캐야—
하게 되어서야. 맥 바드라—남의 속마음을 헤아리려.

| 참 고 |

　申紫霞의 海東小樂府에 한역시(漢譯詩)가 있음.「金爐香盡
漏聲殘……」

말하면 잡류라 하고 말 아니면 어리다 하니
빈한을 남이 웃고 부귀를 새오난듸
아마도 이 하늘 아래 사롤일이 어려왜라

〈珍靑224〉

| 낱말풀이 |

　잡류—점잖지 못한 사람들. 어리다—어리석다. 새오난듸—
시기하는데. 사롤일—말할 일. 어려왜라—어렵도다.

사랑 거즛말이 임 날 사랑. 거즛말이
꿈에 뵌닷말이 기 더욱 거즛말이
날같이 잠 아니 오면 어내 꿈에 뵈이리

〈珍靑369〉

낱말풀이

　사랑 거즛말이—사랑한다는 말은 거짓말이다. 뵌닷말이—보
인다고 하는 말이. 더옥—더욱. 어내—어느.

오동(梧桐)에 듯난 빗발 무심히 듣건마는
내 시름하니 잎잎이 수성(愁聲)이로다
이후야 잎 넙운 나무를 심을 줄이 있으랴

〈花樂174〉

낱말풀이

　듯난—떨어지는. 시름하니—근심이 많으니. 수성—근심스런
소리. 넙운—넓은.

김상헌　金尙憲

작자소개

　선조 3~효종 3(1570~1652). 자는 叔度. 호는 淸陰. 金尙
容의 아우. 문과에 급제, 대사헌·대사간·영의정 등 역임. 병자
호란 때 청과의 화친을 반대하다가 瀋陽으로 볼모로 갔다가 3년
만에 돌아옴. 저서로는 野人談錄·漢漢絶略·淸陰集 등이 있음.
시조 4수 전함.

가노라 삼각산아 다시 보자 한강수야
고국산천을 떠나고자 하랴마는
시절이 하 수상하니 올동말동 하여라

〈六靑169〉

낱말풀이

삼각산—서울 북쪽에 있는 북한산. 고국산천—조국의 강토.
하—하도, 매우, 몹시. 수상하니—어수선하니. 올동말동—올지
말지.

참 고

병자호란 때 작가가 중국 심양으로 볼모로 잡혀 가며 부른
노래임.

남팔아 남아 사(死)이언정 불가이 불의굴의어다
웃고 대답하되 공이 유언감불사(有言敢不死)아
천고에 눈물 둔 영웅이 몇몇인 줄 알리오

〈珍靑425〉

낱말풀이

남팔(南八)—중국 당나라 때 사람. 안록산의 난 때 끝내 굴
하지 않고 싸웠다. 남아 사이언정 불가이 불의굴의(不可以不
義屈矣)—사나이가 죽을지언정 불의에 굴해서는 안 된다는
뜻. 안록산의 반란 때 장순(張巡)이가 남팔에게 격려했다는
말. 공이 유언감불사아—공(張巡公)이 말했으니 어찌 감히 죽
겠는가. 천고—오랜 세월.

김성기　金聖器

작자소개

숙종 때의 歌人. 자는 子湖·大哉. 호는 釣隱 또는 漁隱. 일명
聖基라고도 함. 빈한한 평민 출신으로 영조 때 尙衣院 궁인이 되
었으나, 활을 버리고 거문고를 배웠고 퉁소·비파·가곡에 뛰어
나 많은 제자를 길렀다. 김천택과 가까이 지냈음. 江湖歌 5수와
시조 3수 전함.

구레벗은 천리마(千里馬)를 뉘라서 잡아다가
조죽(租粥) 삶은 콩에 살지게 먹여 둔들
본성이 왜양하거니 이실 줄이 이시랴

〈珍靑245〉

낱말풀이

구레―굴레. 천리마―하루에 천리를 달리는 준말. 뉘라서―
누가. 조죽―겨와 콩을 섞어 만든 죽. 왜양하거니―억세고 거
치니. 이실―있을.

옥분(玉盆)에 심근 매화 한 가지 꺾어내니
꽃도 좋거니와 암향(暗香)이 더욱 좋다
두어라 꺾은 꽃이니 바릴 줄이 잇이랴

〈珍靑299〉

낱말풀이

심근―심은. 암향―아는 듯 모르는 듯 그윽히 풍겨 오는 향기.

홍진을 다 떨치고 죽장망혜(竹杖芒鞋) 짚고 신고
현금을 두레메고 동천으로 들어가니
어디서 짝을흔 학려성이 구름 밖에 들린다

〈珍靑298〉

낱말풀이

  홍진(紅塵)―붉은 먼지. 즉, 세상. 죽장망혜―대지팡이와
짚신. 현금(玄琴)―거문고. 두레메고―둘러메고. 동천(洞天)
―산수에 둘러싸인 경치 좋은 곳. 짝을흔―짝을 잃은. 학려성
(鶴唳聲)―학의 울음소리.

김성원 金成遠

작자소개

  ?~선조 30(?~1597). 본관은 光州. 생원에 올라 蔭補로 찰
방을 거쳐 임진왜란 때 동복현감으로 각지의 의병들과 제휴하여
현민들을 보호했음. 서하당 식영정을 瑞石山 밑에 짓고, 林億齡
·奇大升·鄭澈·高敬命 등과 唱和한 시가 있음. 시조 1수 전함.

널구름이 심히 구저 밝은 달을 가리오니
밤중에 혼자 앉아 애달오미 그지없다
바람이 이 뜨들 알아 비를 몰아 오도다

〈棲霞堂遺稿〉

낱말풀이

  널구름―지나가는 구름. 애달오미―애달픔이. 뜨들―뜻을.

김수장　金壽長

작자소개

숙종 16~?(1690~?). 자는 子平. 호는 老歌齋. 벼슬은 병조
서리. 당시 金天澤과 쌍벽을 이룬 가인. 만년에는 서울 花開洞에
집을 짓고, 「노가재」라 하여 제자를 모아 가르쳤음. 저서로는 海
東歌謠가 있음. 시조 121수 전함.

갓나희들이 여러 층(層)이오레
송골(松骨)매도 같고 줄에 앉은 제비도 같고 백화원
리(百花園裡)에 두루미도 같고 녹수파란(綠水波瀾)에
비오리도 같고 따해 퍽 앉은 쇼로개도 같고 석은 등걸
에 부헝이도 같데
그려도 다 각각 님의 사랑이니 개일색(皆一色)인가
하노라

〈注海554〉

낱말풀이

　갓나희—계집아이. 층이오레—층이더라. 송골매—매의 한
종류. 백화원리—온갖 꽃이 피어 있는 뜰 가운데. 녹수파란—
크고 작은 푸른 물결. 비오리—오리의 한 종류. 따해—땅에.
쇼로개—소리개. 석은—썩은. 부헝이—부엉이. 그려도—그래
도. 개일색—다 뛰어난 미인.

검으면 희다 하고 희면 검다 하네
검거나 희거나 옳다 하리 전혀 없다

찰하로 귀막고 눈감아 듣도 보도 말리라
〈注海499〉

낱말풀이

옳다 하리―옳다고 할 사람. 전혜―전혀. 찰하로―차라리.

나는 지남석(指南石)이런가 각시네들은 날반 을인지
앉아도 붙고 서도 따르고 누워도 붙고 솟떠도 따라와
아니 떨어진다
금슬(琴瑟)이 부조한 분네들은 지남석 날바늘을 달혀
일재복(日再服)을 하시소
〈注海564〉

낱말풀이

각시네―각시들, 어린 계집. 날반을―날바늘, 실을 꿰지 않
은 바늘. 솟떠도―솟구쳐 올라도. 금슬이 부조한―부부가 화목
하지 못한. 달혀―달여. 일재복―같은 약을 하루에 두 번 먹음.

눈썹은 그린 듯하고 입은 단사(丹砂)로 찍은 듯하다
날 보고 웃는 양은 태양이 조림照臨한데 이슬 맺힌
벽련화(碧蓮花)로다
네 부모 너 삼겨 내올 제 날만 괴게 하도다
〈注海531〉

낱말풀이

단사―주사(朱砂). 붉은 광택이 나는 광물. 입술에 바르는
화장품의 일종. 조림―내려 비침. 삼겨 내올 제―만들어 낼
때. 괴게―사랑하게.

모란은 화중왕(花中王)이요 향일화는 충효로다

　매화는 은일사(隱逸士)요 행화는 소인(小人)이요 연
화는 부녀요 국화는 군자(君子)요 동백화는 한사요 박
꽃은 노인이요 석죽화는 소년이요 해당화 갓나희로다
이 중에 이화는 시객(詩客)이요 홍도 벽도 삼색 도는
풍류랑(風流郎)인가 하노라

〈注海528〉

낱말풀이

　화중왕—모란꽃의 다른 이름. 향일화—해바라기. 은일사—국
화꽃의 다른 이름. 여기서는 매화꽃. 석죽화—패랭이꽃. 갓나희
—노는 계집. 계집아이. 시객—시를 즐겨 짓는 풍류객. 삼색도
—색색의 복숭아꽃. 풍류랑—풍모가 있고 멋있는 젊은 남자.

참 고

　사설시조임.

　바둑 걸쇠같이 얽은 놈아 제발 비자 네게 물가의란
오지 마라 눈 큰 준치 허리 긴 갈치 두룻쳐 메육이 츤
츤 감을치 문어의 아들 낙지 넙치의 딸 가잠이 배 부른
올창이 공지 결레 만흔 권장이 고독한 배암장어 집채
같은 고래와 바늘 같은 송사리 눈 긴 농게 입 작은 병
어가 금을만 넉여 풀풀 뛰어 다 달아나는데 열없이 상
긴 오징어 둥개는듸 그놈의 손자 꼴뚜기 애쓰는데 바소
같은 말검어리와 귀앵자 같은 장고아비는 아무란 줄 모
르고 즛들만 한다

아마도 너 곳 곁에 섰으면 꼭이 못 잡아 대사로다

〈注海549〉

낱말풀이

바둑 걸쇠—바둑판의 무늬. 두룻쳐 메육이—두루쳐 멘 메기. 츤츤 감을치—'총총 감는다'의 연상어. 걸레 만흔 권장이—무리가 많은 곤쟁이. 농게—물맞이게. 금을만 넉여—그물인 줄 알고. 열없이 상긴—겁 많게 생긴. 둥개는듸—쩔쩔매는데. 바소—양끝에 날이 있고 길이 네 치, 넓이 두 푼 가량의 침. 귀앵자—갓끈을 다는 고리. 장고아비—장구애비(곤충의 이름). 즛들—짓들「짓」은 성교를 일컬음.

참 고

사설시조임.

삭발위승(削髮爲僧) 아까운 각시 이내 말을 들어 보소
어둑 적막 불당(佛堂) 안에 염불만 외우다가 자네 인생 죽은 후면 홍독개로 탁을 괴어 책롱(柵籠)에 입관하여 더운 불에 찬 재 되면 공산 구즌비에 우지지는 귀ㅅ것이 너 아닌가
진실로 마음을 둘으혐연 자손 만당(滿堂)하여 헌머리에 이 꾀듯이 닷는 놈 기는 놈에 영화부귀 백년동락(百年同樂) 어떠리

〈注海546〉

낱말풀이

삭발위승—머리를 깎고 중이 됨. 각시—젊은 여자. 어둑—어두운. 불당—부처를 모신 대청. 홍독개—홍두깨. 탁—턱. 책

롱―싸릿개비로 함같이 만든 채그릇. 입관―시체를 관에 넣음.
우지지는―우짖는. 귀ㅅ것―잡귀(雜鬼). 둘으혐연―돌이키면.
닷는 놈―달아나는 놈.

참 고

　사설시조임.

어화 어릴시고 이내 일 어릴시고
내 청춘 누를 주고 뉘 백발 맞다는고
이제야 아모리 찾으련들 물을 곳이 업세라

〈注海521〉

낱말풀이

　어릴시고―어리석음이여. 누를―누구를. 맞다는고―맡았는
가. 업세라―없도다.

호화도 거즛 것이요 부귀도 꿈이오레
북망산(北邙山) 언덕에 요령 소래 끄쳐지면
암을이 뉘웃고 애다라도 미칠 길이 없느니

〈注海489〉

낱말풀이

　꿈이오레―꿈이라네. 북망산―공동 묘지. 요령(搖鈴) 소래
―상여 앞에서 흔드는 방울 소리. 암을이―아무리. 뉘웃고―뉘
우치고, 후회하고. 없느니―없느니라.

화개동 북록하에 초암(草菴)을 얽었으니
바람 비 눈 서리는 그렁저렁 지내어도

언어제 다사한 해빛이야 쬐야볼 줄 있으랴

〈注海471〉

낱말풀이

화개동(花開洞)—지금의 서울 화동(花洞). 초암—풀로 엮어
인 암자. 그렁저렁—마음을 두지 아니하는 사이에. 언어제—어
느 때에.

김시습 金時習

작자소개

세종 17~성종 24(1435~1493). 자는 悅卿. 호는 梅月堂·
東峯. 본관은 江陵. 고려의 台鉉의 후손. 3세에 이미 글을 지었
고, 어려서 신동이라 일컬음. 세종대왕이 시재를 시험하고 상으
로 비단 수십 필을 하사하였음. 단종이 세조에게 양위할 때 크게
충격을 받아 실의하여 沙門에 듦. 경주 월성의 금오산에 은거함.
저서로는 金鰲新話. 月梅堂集이 있음. 시조 2수 전함.

맹자 견 양혜왕 하신대 첫말씀에 인의(仁義)로다
주문공 주의(註義)에 기 더욱 성의정심
우리는 성주 뫼와시니 알외 말삼 없어라

〈東歌109〉

낱말풀이

맹자 견 양혜왕(孟子見梁惠王)—맹자가 양나라의 혜왕을
봄. 첫말씀에 인의로다—맹자가 양혜왕의 물음에 「하필 이익
을 논하시오? 오직 인의(仁義)가 있을 뿐입니다」라고 대답했

다는 말. 주문공(朱文公)―성리학을 집대성한 남송의 유학자 주희(朱熹). 주의―주석(註釋)과 같은 말. 성의정심(誠意正心)―참되고 정성스런 뜻과 바른 마음. 성주―지덕이 뛰어난 왕. 여기서는 세종대왕을 일컬음. 뫼와시니―모시었으니. 알외 말삼―아뢸 말씀. 없어라―없도다.

김 영 金 瑛

작자소개

헌종 3~?(1837~?). 호는 春舫. 자는 聲遠. 본관은 盆城. 金尙玉의 아들. 정조 때 형조판서에 이르렀음. 산수화를 잘 그렸다 함. 유작으로 梅花書室圖卷・雨後山水圖가 국립박물관에 소장되어 있음. 시조 7수 전함.

눈 풀풀 접심홍이요 술 퉁퉁 의부백(蟻浮白)을
거문고 당당 노래하니 두루미 둥둥 춤을 춘다
아희야 시문에 개 짖으니 벗 오시나 보아라

〈雅女186〉

낱말풀이

접심홍(蝶尋紅)―나비가 꽃을 찾음. 눈이 펄펄 내리는 것에 비유함. 퉁퉁―충충, 맑지 못함. 의부백(蟻浮白)―술에 개미가 뜸. 白은 술. 술이 충충하여 마치 개미가 뜬 듯하다는 말.

빈 배에 섰는 백로 벽파에 씻어 흰가
네 몸이 저리 흰들 마음조차 흴소랴

만일에 마음이 몸 같으면 너를 좃차 놀리라

〈六靑250〉

낱말풀이

벽파─푸른 파도. 흴소랴─흴 것이랴. 너를 좃차─너와 함께.

김우규 金友奎

작자소개

숙종 17~?(1691~?). 자는 聖伯. 영조 때의 歌人 金壽長과 교분이 두터웠음. 시조 12수 전함.

늙고 병든 중에 가빈(家貧)하니 벗이 없다
호화로이 닷닐쩨는 올이 갈이 하도할쌰
이제는 삼척청려장(三尺靑藜杖)이 지기론가 하노라

〈靑邱歌謠8〉

낱말풀이

가빈하니─집이 가난하니. 닷닐쩨는─다닐 때는. 올이 갈이
─오는 이 가는 이. 하도할쌰─많기도 많아라. 삼척청려장─석
자 되는 명아주 지팡이. 지기─서로 마음이 통하는 벗.

아희들 재촉하야 밥 먹여 거느리고
논둑에 자리하고 벼 뷔임여 누었는듸
곁자리 날 같은 벗님네는 장기 두자 하노라

〈靑邱歌謠9〉

낱말풀이

뷔임여—머리에 베며.

처음에 모로듬면 모로고나 있을 것을
어인 사랑(思郞)이 쌨나며 움돋는가
언제나 이 몸에 열음 열어 휘들거든 볼연요

〈青邱歌謠5〉

낱말풀이

모로듬면—몰랐다면. 열음—열매(實). 휘들거든—휘두르거
든. 볼연요—보려느냐.

김유기 金裕器

작자소개

숙종 때의 가인. 자는 大哉. 평소 교분이 두터웠던 김 천택이
편찬한 青丘永言에 그의 시조 8수가 수록됨. 시조 12수 전함.

내 몸에 병이 많아 세상에 바리이여
시비 영욕을 오로 다 니저만난
다만지 청한일벽이 매부리기 좋애라

〈珍青246〉

낱말풀이

바리이여—버리어져. 시비 영욕—옳고 그름과 영달과 치욕.
오로 다—오로지 다(모두). 니저만난—잊었건마는. 다만지—
다만. 청한일벽(淸閑一癖)—청아하고 한가함을 즐기는 한 가

지 버릇. 매부르기—매사냥.

오늘은 천렵하고 내일은 산행가세
곳다림 모뢰하고 강신으란 글피하리
그글피 변사회할 제 각지호과 하시소

〈珍靑253〉

낱말풀이

　천렵—고기잡이. 산행—사냥. 곳다림—꽃놀이. 강신—술을
마시며 계를 맺음.

장부로 삼겨나서 입신양명 못 할지면
찰하리 떨치고 일없이 늙으리라
이밖에 녹록한 영위에 걸릴길 줄 있으랴

〈珍靑247〉

낱말풀이

　삼겨나서—태어나서. 입신양명—출세하여 이름을 세상에 떨
침. 못 할지면—못 할 것 같으면. 녹록한—의젓하지 못함. 영
위—일을 경영함. 걸릴길 줄—거리낄 줄.

태산에 올라 앉아 사해를 굽어 보니
천지사방(天地四方)이 훤츨도 하져이고
장부의 호연지기를 오늘이야 알괘라

〈珍靑251〉

낱말풀이

　사해—온 세상. 훤츨—넓고 환한 모양. 하져이고—하구나.

호연지기—마음이 넓고 뜻이 아주 큰 모양. 알괘라—알겠구나.

김 육 金 堉

작자소개

선조 13~효종 9(1580~1653). 자는 伯厚. 호는 潛谷. 본관
은 淸風. 사마시와 증광시에 급제. 교리·동지사·충청감사·영
의정 등 역임. 문집으로 感慨錄集·海東名臣錄·松都志. 潛谷筆
談 등이 있음. 시조 1수 전함.

자내 집의 술 닉거든 부디 날 부르시소
내 집의 곳 픠여든 나도 자내 청해옴새
백년떳 시름 잊을 일을 의론코져 하노라

〈珍靑208〉

낱말풀이

곳—꽃. 청해옴새—청함세, 청해 오겠네. 백년떳—백 년 동
안. 시름—근심.

김인후 金麟厚

작자소개

중종 5~명종 15(1510~1560). 자는 厚之. 호는 河西. 본관
은 蔚山. 독서당 부수찬을 거쳐 옥과현령을 지냈음. 저서로는 百
聯抄解와 河西集 몇 권이 있고, 周易觀象篇·西銘事天圖가 있었
으나 전하지 않음. 시조 1수 전함.

노화 깊은 곳에 낙하를 빗기 띄고
삼삼 오오이 섯거노는 저 백구야
므서세 참착하엿관대 날 온 줄을 모로나니

〈珍靑258〉

낱말풀이

　노화─갈대 꽃. 낙하(落霞)─나직이 낀 놀. 띄고─띄우고
[浮]. 삼삼 오오─서넛 대여섯씩 떼를 지어. 섯거노는─섞여
노는. 므서세─무엇에. 참착하엿관대─정신이 빠졌기에. 모로
나니─모르느냐.

김장생　金長生

작자소개

　명종 3~인조 9(1548~1631). 자는 布元. 호는 沙溪. 본관
은 光州. 李珥에게 사사. 호조정랑이 되었으나 곧 그만두고 제자
들과 강송으로 소일함. 저서로는 經書辯義·近思錄釋義·家禮集
覽·喪禮備要 등이 있음. 시조 1수 전함.

대 심어 울을 삼고 솔 갓고니 정자로다
백운(白雲) 덮인 데 날 있는 줄 제 뉘 알리
정반에 학 배회하니 긔 벗인가 하노라

〈珍靑401〉

낱말풀이

　울─울타리. 갓고니─가꾸니. 정반─뜰가. 배회─목적없이
다님. 긔─그것이.

김종서 金宗瑞

작자소개

공양왕 2~단종 1(1390~1453). 자는 國卿. 호는 節齋. 본
관은 順天. 식년시에 급제, 사간원 우정언·우부대언 등을 거쳐
咸吉道 도관찰사·병마절도사에 오름. 형조판서·예조판서·우의
정이 됨. 수양대군의 정권찬탈시 아들과 함께 죽음을 당함. 세종
때 함경도의 6진을 개척함. 시조 2수 전함.

삭풍은 나모 끝에 불고 명월은 눈 속에 찬데
만리변성(萬里邊城)에 일장검(一長劒) 집고 서서
긴 파람 큰 한 소리에 거칠 것이 없에라

〈珍靑13〉

낱말풀이

삭풍—북풍. 나모—나무. 만리변성—멀리 떨어진 변방의
성. 여기서는 함경도 북쪽의 6진. 일장검—긴 칼. 파람—휘파
람. 없에라—없구나.

장백산에 기(旗)를 곳고 두만강에 말을 싯겨
서근 저 션비야 우리 아니 사나히냐
어떠타 인각화상을 누고 먼저 하리오

〈珍靑14〉

낱말풀이

장백산—백두산. 곳고—꽂고. 싯겨—씻겨. 서근—썩은. 사
나히냐—사내냐, 장부냐. 인각화상(獜閣畵像)—인각은 기린각

(麒麟閣). 중국 후한(後漢)의 무제가 지은 집. 거기에 선제(宣帝)가 공신 11명의 화상을 그려 걸었음. 누고—누가.

참 고

이 시조는 김종서가 반대파들 때문에 만주 땅 정벌의 뜻을 이루지 못한 울분을 읊은 것이라 함.

김중열 金重說

작자소개

자는 士淳. 子彬의 아들. 노래와 거문고에 능했음. 시조 3수 전함.

한중(閒中)에 홀로 앉아 현금을 빗깨 안그
궁상각치우(宮商角徵羽)를 주줄이 집혓시니
창 밖에 엿듣는 학(鶴)이 우즑우즑 하더라

〈靑邱歌謠55〉

낱말풀이

한중—한가한 동안. 현금—거문고. 빗깨—비스듬히. 궁상각치우—오음(五音). 집혓시니—깊었더니. 우즑우즑—우쭐우쭐.

김진태 金振泰

작자소개

영조 때의 가인. 자는 君獻. 경정산가단의 한 사람. 시조 26수 전함.

일어나 소 먹이니 효성(曉星)이 삼오로다
들으을 바라보니 황운색(黃雲色)도 좋고 좋다
아마도 농가의 흥미는 이뿐인가 하노라

〈青邱歌謠36〉

낱말풀이

효성―샛별. 삼오로다―서너댓 개로다. 들으을―들판을.

벽상에 걸린 칼이 보믜가 낳다 말가
공없이 늘어가니 속절없이 만지노라
어즙어 병자국치(丙子國恥)를 씻어 볼가 하노라

〈青邱歌謠38〉

낱말풀이

보믜―녹. 속절없이―단념할 수밖에 도리없이. 어즙어―감
탄사. 병자국치―병자년 호란(胡亂)으로 인하여 입은 나라의
수치.

세월이 여류하니 백발이 절로 난다
뽑고 또 뽑아 젊고져 하는 뜻은
북당에 친재(親在)하시니 그를 두려 홈이라

낱말풀이

북당(北堂)―어머니를 일컬음. 두려 홈이라―두려워함이다.

장공(長空)에 떳는 소록이 눈삶핌은 무슴 일고
썩은 쥐를 보 반회불거(盤回不去) 하는고여

만일에 봉황을 만나면 우임될가 하노라

〈靑邱歌謠31〉

낱말풀이

떳는—떠 있는. 소록이—솔개〔鳶〕. 눈**삷**핌—눈으로 살핌.
무슴 일고—무슨 일인가. 반회불거—빙빙 돌면서 떠나지 않음.
하는고여—하는구나. 우임—웃김.

지죄괴는 저 가마괴 암수를 어이 알며
지나는 저 구름에 비 올똥말똥 어이 알리
아마도 세사인정도 다 이런가 하노라

〈靑邱歌謠43〉

낱말풀이

지죄괴는—지저귀는. 가마괴—까마귀. 암수—암컷 수컷. 올
똥말똥—올지 말지.

김창업   金昌業

작자소개

효종 9~경종 1(1658~1721). 자는 大有. 호는 老稼齋 · 稼
齋 또는 石郊. 본관은 安東. 영의정 壽恒의 4남. 장형 昌集은 영
의정, 중형 昌協은 호를 農岩이라 하고 도학 문장이 높았음. 저
서로는 老稼齋集 · 燕行錄 등이 있음. 산수 · 인물화에도 뛰어났
음. 시조 4수 전함.

벼슬을 저마다 하면 농부할 이 뉘 있으며

의원이 병 고치면 북망산이 저러하랴
아해야 잔 가득 부어라 내 뜻대로 하리라

〈珍靑211〉

낱말풀이

　농부할 이―농사꾼이 될 사람.

자 남은 보라매를 엇그제 갓손 떠혀
빼깆에 방울달아 석양에 밧고 나니
장부의 평생 득의는 이뿐인가 하노라

〈珍靑210〉

낱말풀이

　자 남은―한 자가 넘는. 보라매―매. 갓손 떠혀―갓 손 떼
어. 빼깆―매의 꽁지 위에 표하기 위해서 덧꽂는 새의 깃. 밧
고 나니―(매를) 팔에 받아들고 나오니.

김천택　金天澤

작자소개

　자는 伯涵 또는 履叔. 호는 南坡. 벼슬은 포교. 영조때의 歌人
으로 노가재 김수장과 가까이 벗함. 1727년(영조 3년)에 靑丘永
言 時調集을 엮어 냄. 시조 74수 전함.

고금에 어질기야 공부자(孔夫子)만 할까마는
철환천하(轍環天下)하여 목탁이 되엿시니
날 같은 썩은 선비야 일러 무슴하리오

〈注海425〉

낱말풀이

공부자—공자. 철환천하—공자가 자기 뜻을 펴보려고 수레를 타고 천하를 다님. 목탁—세상 사람을 가르쳐 바로 이끌 만한 사람. 무슴하리오—무엇하리오.

고마간(叩馬諫) 불청커늘 수양산에 들어가서
주속(周粟)을 아니 먹고 마참내 아사키는
천추에 적자(賊子)의 마음을 꺾어 보려 홈이라
〈珍青285〉

낱말풀이

고마간—말을 붙들고 간함. 주나라 무왕이 은나라를 치려는 것을 말리던 일. 주속—주나라 곡식. 아사키는—굶어 죽는 것은. 적자—임금이나 부모에게 반역하는 사람. 홈이라—함이라.

남산 나린골에 오곡을 가초심거
먹고 못 남아도 긋지나 아니하면
그 밖에 녀나믄 부귀야 바랄 줄이 이시랴
〈珍青259〉

낱말풀이

나린골—비탈진 골. 오곡—쌀·보리·조·콩·기장의 다섯 가지 곡식. 가초—갖추어. 긋지나—끊어지지나. 녀나믄—나머지.

부혜생아하시고 모혜국아하신이
부모의 은덕(恩德)은 호천망극이 옵껀이

진실로 백골이 미분인들 차생 어이 갑사오리

〈注海450〉

낱말풀이

　부혜생아(父兮生我)—아버지는 나를 낳아 주심. 모혜국아
(母兮鞠我)—어머니는 나를 길러 주심. 호천망극(昊天罔極)—
하늘이 끝없이 크고 넓은 것처럼 부모의 은혜도 끝없음을 이
름. 백골이 미분인들—흰 뼈가 가루가 된들. 차생—이생, 살아
있는 이 세상.

서검을 못 일우고 쓸디 없은 몸이 되야
오십춘광을 해옴 없이 지내연져
두어라 어느 곳 청산이야 날 낄쭐이 있으랴

〈注海421〉

낱말풀이

　서검(書劍)—책과 칼〔文武〕. 쓸디—쓸 곳. 오십춘광(五十春
光)—오십 년 세월. 해옴—한 일. 지내연져—지냈구나. **낄쭐**—
꺼릴 줄, 싫어할 줄.

섭시른 천리마를 알아볼 이 뉘 있으리
십년역상에 속절없이 다 늙꺼다
어디서 살진 쇠양마는 외용지용 하느니

〈注海444〉

낱말풀이

　섭—섶나무. 십년역상(十年櫪上)—십 년 동안 마판 위. 「마
판」은 말 기르는 곳. 늙꺼다—늙었도다. 살진—살찐. 쇠양마—

둔한 말. 외용지용—윙윙 우는 소리. 하느니—하느냐.

세상 사람들아 이내 말 들어 보소
청춘이 매양이며 백발이 검난 것가
어쩌다 유한한 인생이 아니 놀고 어이리

〈珍靑271〉

낱말풀이

  검난것가—검어지는 것인가.

세상이 번우(煩憂)하니 강호로 나가자슬라
무심한 백구야 오라 하며 가라 하랴
아마도 닷토리 없으믄 다만 인가 하노라

〈注海407〉

낱말풀이

  번우하니—괴롭고 근심스러우니. 나가자슬라—나가자꾸나.
닷토리—다툴 사람이. 인가—이것인가.

어화 세상 사람 이 내 말 들어 보소
청춘이 매양이며 백발이 검듯것가
꿈 같은 인세를 가지고 가없이 살랴 하는이

〈注海413〉

낱말풀이

  매양—늘, 항상. 검듯것가—검던 것인가. 가없이—끝없이.
하는이—하느냐.

옷 벗어 아희 주어 술집에 볼모하고
청천(靑天)을 우러러 달드려 물은 말이
어즈버 천고 이백이 날과 엇더하더뇨

〈注海 409〉

낱말풀이

　달드려―달더러. 어즈버―감탄사. 날과―나와.

울밋 양지ㅅ편에 외씨를 뼈허 두고
매거니 붓도도와 빗김에 달화내니
어즈버 동능과지(東陵瓜地)는 예야 건가 하노라

〈珍靑260〉

낱말풀이

　울밋―울타리. 뼈허―뿌려. 붓도도와―북돋우어. 달화―다
루어. 예야―여기야말로. 건가―거긴가.

잘 가노라 닫지 말며 못 가노라 쉬지 마라
부디 긋지 말고 촌음을 앗겨스라
가다가 중지 곳하면 아니 감만 못하리라

〈注海427〉

낱말풀이

　닫지―달리지, 뛰지. 긋지―그치지. 촌음(寸陰)―짧은 시
간. 앗겨스라―아껴라. 중지 곳―중지만.

주문에 벗님네야 고차사마 좋다 마라
토끼 죽은 후면 개마자 삼기나니

우리는 영욕을 모르니 두려온 일 없에라

〈注海418〉

낱말풀이

주문(朱門)—고관대작이나 부호의 집. 고차사마(高車駟馬)
—네 필의 말이 끄는 높은 수레. 없에라—없도다.

청려장 힘을 삼고 남묘(南畝)로 나려가니
도화는 흩날리고 소천어(小川魚) 살졌는데
원근에 즐기는 농가(農歌)는 곳곳에서 들린다.

〈注海429〉

낱말풀이

청려장(靑藜杖)—명아줏대 지팡이. 남묘—남쪽 밭. 도화(稻
花)—벼꽃. 소천어—개천의 물고기. 농가—농부들이 부르는
노래.

한달 셜흔 날에 취할 날이 몇 날이리
잔 잡은 날이야 진실로 내 날이라
그날 곳 지나간 후면 뉘집 날이 될 줄 알리

·〈珍靑268〉

낱말풀이

그날 곳—그날만.

한번 죽은 후면 언의 날에 다시 오며
심산(深山) 길 아래 제 뉘라 찾아와서
술 부어 저 잡고 날 권하며 노새하리 있으리

〈注海411〉

| 낱말풀이 |

　언의—어느. 노새하리—「노세」할 사람, 놀자고 할 사람.

혼음불성키는 양성(養性)함이 안이연이
중인(衆人)이 취하여도 내 어이 한자 깨리
아마도 여세추이함이 그 올흔가 하노라

〈注海440〉

| 낱말풀이 |

　혼음불성(昏飮不省)—심히 술을 마시어 정신을 차리지 못
함. 양성—본성을 중히 여기고, 속지(俗智)로 어지럽히지 않는
길. 중인—여러 사람. 한자—혼자. 여세추이(與世推移)—세상
의 변함을 따라 함께 변하는 일. 긔—그것이.

흰구름 푸른 내는 골골이 잠겻는듸
추풍에 물든 단풍 봄곳도곳 더 죠홰라
천공(天公)이 날을 위하야 뫼빗츨 꿈여내도다

〈注海447〉

| 낱말풀이 |

　푸른 내는—푸른 연기는. 골골이—골짝마다. 봄곳도곳—봄
꽃보다. 죠홰라—좋구나. 천공이—하느님이.

김치우 金致羽

| 작자소개 |

時慶 金默壽의 아우. 자는 雲擧. 호는 浩浩庵. 세상에 나타나지 않고 노래로 자적함. 시조 1수 전함.

강촌에 그믈 멘 사람 기러기란 잡지 마라
새북강남(塞北江南)에 소식인들 뉘 전하리
아모리 강촌어부ㄴ들 이별이야 없으랴

〈六靑506〉

| 낱말풀이 |

그믈 멘—그물을 멘. 새북강남—북쪽 변방, 아주 먼 사이를 뜻하는 말. 강촌어부—강가의 마을에 사는 고기잡이.

김태석　金兌錫

| 작자소개 |

자는 德而. 영조 때의 가인. 경정산가단의 한 사람.

오늘은 비 개건야 삿갓세 호믜 메고
뵈잠방이 것오추고 큰 논을 다 맨 후에
쉬다가 점심에 탁주 먹고 새 논으로 가리라

〈靑邱歌謠13〉

| 낱말풀이 |

개건야—개겠느냐. 뵈잠방이—베로 만든 잠방이. 것오추고—걷어 올리고.

김학연　金學淵

작자소개

신원 미상. 시조 3수 전함.

낙화는 뜻이 있어 유수를 따르거늘
무전한 저 유수는 낙화를 보내거다
낙화야 내 언제 너 홀로 보내더냐 나도 함께 흐르노라

〈花樂454〉

낱말풀이

　보내거다―보내었도다.

김현성　金玄成

작자소개

　중종 37~광해군 14(1542~1621). 자는 餘慶. 호는 南窓.
본관은 金海. 식년시에 급제, 동지돈령부사에 이름. 시에 뛰어났
고 글씨에 능했으며, 산수를 몹시 즐김. 시조 1수 전함.

낙지樂只쟈 오날이여 즑어온쟈 금일이야
즑어온 오날이 행혀 아니 점을쎄라
매일에 오날 같으면 므슴 시름 있으리

〈珍靑92〉

낱말풀이

낙지쟈―즐기자. 즑어온쟈―즐겁도다. 아니 졈을쎄라―저물
지나 아니할까 두렵도다.

김화진   金華鎭

작자소개

영조 4~순조 3(1728~1803). 자는 聖載. 본관은 江陵. 정
시에 급제. 이조판서를 역임. 시조 1수 전함.

셋괏고 사오나올슨 저 군뇌놈의 거동 보소
반용단 몸둥이에 담방거지 뒤앗고셔 조분집
내근한듸 밤즁만 달녀드러 좌우로 충돌하야
새도록 나드다가 뎨라도 기진턴지 먹은 탁주 다 거이
거다
진실노 후주를 잡으려면 군뇌놈부텀 잡으리라

〈六靑859〉

낱말풀이

셋괏고―굳세고. 사오나올슨―사나운 것은. 군뇌―군노, 군
아(軍衙)에 속한 종. 반용단―좁은 소매에 붉은 깃을 단 옷. 담
방거지―담벙거지, 병졸 등이 쓰던 모자의 일종. 뒤앗고셔―뒤
로 벗어 넘기고. 내근(內近)―부녀자가 거처하는 방과 가까움.
뎨라도―저(彼)도. 거이거다―게웠다. 후주―주정, 주정꾼.

참 고

사설시조임.

나지성　羅志成

작자소개

신원 미상. 시조 1수 전함.

금은에 지는 달은 십오야의 다시 밝고
금년에 이운꽃도 명년 삼월 다시 퓌네
두어라 월부원 화갱발을 다시 볼가 하노라

〈李靑709〉

낱말풀이

　금은에―그믐에. 십오야―음력 보름날 밤. 월부원 화갱발
(月復圓花更發)―달이 다시 둥그렇게 되고, 꽃이 다시 핌.

남구만　南九萬

작자소개

　인조 7~숙종 37(1629~1711). 자는 雲路. 호는 藥泉. 본관
은 宜寧. 별시에 급제, 함경도관찰사・한성좌윤・대제학・대사간
・병조판서・우의정・영의정을 지냄. 저서로는 藥泉集 등이 있
음. 시조 1수 전함.

동창이 밝앗느냐 노고지리 우지진다
소치는 아희는 여태 아니 니러나냐
재 넘어 사래 긴 밭을 언제 갈려 하나니

〈珍青203〉

| 낱말풀이 |

　노고지리―종달새. 우지진다―우짖는다. 소치는―소를 먹이
는. 니러나냐―일어났느냐. 사래 긴―이랑이 긴. 하나니―하느냐.

남 이 南 怡

| 작자소개 |

　세종 23~예종 1(1441~1468). 본관은 宜寧. 태종의 외손.
17세로 무과에 장원. 북으로 李施愛를 치고, 建州衛를 정벌하여
공훈이 큼. 27세에 병조판서가 되었으나, 柳子光에게 몰려 죽음
을 당했음. 시조 3수 전함.

　장검을 빠혀 들고 백두산에 올라보니
　대명천지에 성진(腥塵)이 잠겨셰라
　언제나 남북풍진을 헤쳐 볼고 하노라

〈珍青106〉

| 낱말풀이 |

　장검―긴 칼. 빠혀―빼어. 대명천지(大明天地)―환하게 밝
은 세상. 성진―싸움으로 인한 소란. 잠겨셰라―잠겼구나. 남
북풍진(南北風塵)―남과 북의 티끌 세상, 북적의 병란.

| 참 고 |

　중장이 「一葉鯷봑이 胡越에 잠겻에라」로 된 책도 있음.

　적토마 살디게 먹여 두만강에 싯겨 셰고

용천검 드는 칼을 선뜻 빼쳐 두러메고
장부의 입신양명을 시험헐ㄱ가 하노라

〈花樂138〉

낱말풀이

적토마(赤兎馬)―중국 삼국시대 관운장이 탔다는 명마. 살디
게―살찌게. 셰고―세우고. 용천검(龍泉劍)―옛 중국의 보검.
빼쳐―빼어. 입신양명―출세하여 자기의 이름을 세상에 떨침.

낭원군 朗原君

작자소개

?~숙종 25(?~1699). 이름은 侃. 호는 最樂堂. 선조의 손
자, 효종의 당숙. 학문에 조예가 깊고 詩歌에 능함. 시조 30수
전함.

말씀을 가리어 내면 겨룰 일이 바히 없고
무일을 좋아하면 탐욕인들 있을소냐
일호나 밖에 일하면 헛 공부ㄴ가 하노라

〈珍靑194〉

낱말풀이

겨룰 일―다툴 일. 바히―전혀. 무일―편안하기를 바라지
않는 일. 일호나―조금이나.

산은 있건마는 물은 간듸 없다
주야로 흐르니 남은 물이 있을소냐

아마도 천년류수는 나도 몰라 하노라

〈珍靑174〉

낱말풀이

　간듸―간 곳.

어버이 날 낳으셔 어질과쟈 길러내니
우 두 분 아니시면 내몸 나서 어질소냐
아마도 지극한 은덕을 못내 가파 하노라

〈珍靑197〉

낱말풀이

　어질과쟈―어질게 되게 하고자. 못내 가파―못내 갚을까.

어져 내 말 듣소 군자 공부 다한 후에
사생을 뉘 알관대 노소로 다톨손가
그려도 여일이 있으니 학문이나 하리라

〈珍靑195〉

낱말풀이

　어져―아아, 감탄사. 알관대―알건대. 다톨손가―다툴 것이
냐. 그려도―그래도.

제 분 좋은 줄을 마음에 정한 후에
공명부귀로 초옥을 밧골손가
세속에 벗어난 후면 자행자처 하리라

〈珍靑191〉

낱말풀이

제 분─저의 분수. 밧골손가─바꿀 것인가. 자행자처(自行自處)─스스로 자각하여 행동하고 처리함.

평생에 일이 없어 산수간에 노니다가
강호에 임자되니 세상 일 다 니제라
어떻다 강산풍월이 긔 벗인가 하노라

〈珍青186〉

낱말풀이

노니다가─놀며 다니다가. 강호─은사(隱士)들이 사는 세상. 임자되니─주인이 되니. 니제라─잊겠도다. 긔─그것이.

다 복 多 福

작자소개

신원 미상. 시조 1수 전함

북두성 기울어지고 경오점 자자간다
십주 가기는 허랑타 하리로다
두어라 번우(煩友)한 임이니 새와 무슴하리오

〈注海145〉

낱말풀이

십주(十洲)─신선이 산다는 섬. 가기(佳期)─좋은 때. 처음 사랑을 맺는 시기. 번우─煩憂의 오기(誤記)인 듯. 근심이 많은 또는 교제가 번거로운. 새와─시기하여.

참 고

이 작가를 매화라고도 함.

단 종 端宗

작자소개

세조 23~세조 3(1441~1457). 조선 제6대 왕 세종대왕의
세손. 5대 문종의 아들. 숙부인 세조에게 왕위를 빼앗기고, 상왕
으로 魯山君이 되어 영월에서 시해 됨. 시조 1수 전함.

촉백제 산월저하니 이제고 아심수하니
무이성이면 무아수―ㄹ 낫다
기어인간 이별객 하나니 신막등 춘삼월 자귀
제 명월루를 하여라

〈花樂563〉

낱말풀이

촉백제―두견새의 울음. 산월저―山月低. 이제고―爾啼苦.
아심수―我心愁. 무이성―無爾聲. 무아수―無我愁. 기어인간
이별객→寄語人間 離別客.

참 고

이 시조의 전문 해석은 다음과 같음.

두견이 슬피 울고 밤이 깊으니 멀리 있는 사람들을
그리며 다락 끝에 몸을 기대었노라. 두견아 네가 울면
내 또한 괴롭고, 네 울음 없으면 근심도 사라지는 것

같구나. 이별한 이들에게 말하노니, 춘삼월 두견이 울
고 달 밝은 다락에는 삼가 오르지 말 것이니라.

대원군　大院君

작자소개

순조 20~광무 2(1820~1898). 흥선대원군. 이름은 昰應.
호는 石坡. 조선 제26대 왕 고종의 생부. 시문과 서화에 능하고,
특히 난의 기교는 뛰어남. 시조 1수 전함.

휘호지면 하시독고 마묵연전 필경무라
뭇노라 저 사람아 이 글 뜻을 능히 알ㄹ다
기인이 완이이소하고 유유이퇴하더라

〈花樂637〉

낱말풀이

휘호지면 하시독(揮毫紙面何時禿)—붓을 종이에 내두르니
언제 모지라질꼬. 마묵연전 필경무(磨墨硏田畢竟無)—먹을 벼
루에 가니 마침내는 없어지리라. 「연전(硏田)」은 벼루를 논에
비유한 것임. 알ㄹ다—알리로다. 기인(其人)—그 사람. 완이이
소(莞爾而笑)—빙그레 웃음. 유유이퇴(唯唯而退)—네, 네 하
며 돌아감.

동산 이선생　東山 李先生

작자소개

광해군 7~인조 15(1615~1637). 성은 李, 이름은 翎. 자는
和中. 호는 友松齋. 본관은 牛峰. 벼슬은 참봉. 병자호란 때 광진
에서 적을 막다가 가족과 함께 죽음. 시조 1수 전함.

초생달 뉘 버혀 저그며 보름달 뉘 그려 둥그러는요
냇물 흘러 마르지 않고 연긔나며 사라지니
세상에 영허소장 나는 몰나

〈六歌178〉

낱말풀이

　뉘—누가. 버혀—베어. 연긔—연기(煙氣). 영허소장(盈虛消
長)—차면 이지러지고, 쇠하면 성하는 것.

매　화　梅　花

작자소개

평양 기생. 연대 미상. 시조 8수 전함

매화 녯등걸에 봄철이 돌아오니
옛 피던 가지에 피엄즉도 하다마는
춘설이 난분분하니 필둥말둥하여라

〈珍靑290〉

낱말풀이

　녯등걸—옛 등걸, 해묵은 등걸. 춘설이 난분분—봄눈이 어
지러이 흩날리는 모양.

살뜰한 내 마음과 알뜰한 임의 정을
일시상봉 그리워도 단장심회(斷腸心懷) 어렵거든
하물며 몇몇 날을 이대토록

〈李靑713〉

낱말풀이

　일시상봉―한 번 서로 만남. 단장심회―애끓는 마음.

야심 오경토록 잠 못 일워 전전할 제
구즌비 문령성이 상사로 단장이라
뉘라서 이 행색 그려다가 님의 앞에

〈李靑715〉

낱말풀이

　야심 오경토록―밤이 깊어 새벽이 되도록. 잠 못 일워 전전
할 제―잠 못 이루어 이리저리 뒤치락거릴 때. 문령성―들리
는 방울 소리.

죽어 잊어야 하랴 살아 글여야 하랴
죽어 잊지도 어렵고 살아 글익이도 얼여왜라
저 님아 한 말씀만 하소라 사생결단 하리라

〈李靑 217〉

낱말풀이

　글여야―그리워해야. 글익이도―그리워하기도. 얼여왜라―
어렵구나. 하소라―해다오. 본래 「하였노라」, 「하노라」의 뜻임.

맹사성 孟思誠

작자소개

고려 공민왕 9~조선 세종 20(1360~1438). 자는 自明. 호는 古佛. 본관은 新昌. 문과에 급제하여 중서사인을 거쳐 조선시대 때 대사헌·좌의정에 이름. 청렴결백하기로 이름난 조선 초기의 명상임. 시조 江湖四時歌 4수가 있음.

강호에 가을이 드니 고기마다 살쪄 있다
소정에 그믈 실어 흘리 띄여 던져 두고
이 몸이 소일하옴도 역군은이샷다

〈珍靑11〉

낱말풀이

소정—작은 배. 흘리—흐르게. 띄여—띄워. 역군은(亦君恩)이샷다—또한 임금의 은혜로다.

참 고

강호사시가의 하나.

강호에 겨울이 드니 눈 깊이 자히 남다
삿갓 빗기 쓰고 누역으로 옷을 삼아
이 몸이 칩지 아님도 역군은이샷다

〈珍靑12〉

낱말풀이

자히 남다—한 자가 넘는다. 빗기—비스듬히. 누역—도롱이〔蓑〕. 칩지 아님도—춥지 아니 함도.

참 고

　강호사시가의 하나.

강호에 여름이 드니 초당에 일이 없다
유신한 강파는 보내느니 바람이라
이 몸이 서늘하옴도 역군은이샷다

〈珍靑10〉

낱말풀이

　유신(有信)한―신의가 있는. 강파(江波)―강 물결. 보내느
니―보내는 것이라고는.

참 고

　강호사시가의 하나

강호에 봄이 드니 미친 흥이 절로 난다
탁료계변(濁醪溪邊)에 금린어 안주로다
이 몸이 한가하옴도 역군은 이샷다

〈珍靑9〉

낱말풀이

　탁료계변―탁주(막걸리)를 마시며 강놀이 함. 금린어(錦鱗
魚)―쏘가리.

참 고

　강호사시가의 하나.

명 옥 明 玉

작자소개

화성(華城:水原)의 명기. 연대 미상. 시조 1수 전함.

꿈에 뵈는 임이 신의없다 하것마는
탐탐(貪貪)이 그리올 졔 꿈 아니면 어이 보리
져 임아 꿈이라 말고 자로자로 뵈시쇼

〈六靑279〉

낱말풀이

　신의—믿음과 의리. 탐탐이—탐탁히, 알뜰살뜰이. 자로자로
—자주자주.

문수빈 文守彬

작자소개

　조선 숙종 때의 가객. 김수장·김 천택 등과 더불어 경정산가
단의 한 사람. 시조 1수 전함.

청냉포 달 밝은 밤에 어엿븐 우리 임금
고신척영이 어드러로 가신건고
벽산중 자규의 애원성이 날을 절로 울린다

〈靑邱歌謠45〉

| 낱말풀이 |

　어엿븐—가엾은, 불쌍한. 고신척영(孤身隻影)—외로운 몸에 외로운 그림자. 어드러로—어디로. 벽산중(碧山中)—푸른 산 속. 자규—두견새.

| 참 고 |

　청냉포—강원도 영월군 단종의 능이 있는 근처의 지명.

문 향 文 香

| 작자소개 |

　선조 때 성천의 기생. 松浦 정곡이 선조 37년 5월에 중국에 사신으로 갔다 오는 길에 성천에 머물러 친했던 기생이라 함. 시조 1수 전함.

　오냐 말 아니 따나 슬커니 아니 말랴

　하늘 아래 너뿐이면 어마 내야 하려니와

　하늘이 다 삼겨시니 날 괼인들 없으랴

〈傳寫本〉

| 낱말풀이 |

　말 아니 따나—말라고 하거나. 슬커니—싫다고. 내야 하려니와—나다 하고 뽐낼 테지만. 삼겨시니—만들었으니. 괼인들—사랑해 줄 사람인들.

박도순 朴道淳

작자소개

신원 미상. 시조 1수 전함.

임과 나와 다 늙었으니 또 언제 다시 젊어 볼고
천태산 불로초를 마고선녀 날년마는
아마도 운산이 첩하니 모를대 없어 하노라

〈瓶窩518〉

낱말풀이

　천태산(天台山)―중국에 있는 산 이름. 선녀가 살았다고 전
하는 산임. 불로초―먹으면 늙지 않는다는 약초. 마고선녀―선
녀의 한 이름. 날년마는―날으련마는[飛]. 첩하니―첩첩이 쌓
였으니. 모를대―「오를대」의 오기(誤記)인 듯함. 「대」는 곳.

박인로 朴仁老

작자소개

　명종 16~인조 20(1561~1642). 자는 德翁. 호는 蘆溪 또
는 無何翁. 본관은 安東. 임진왜란이 일어나자 수군에 종군하였
고, 그 뒤 조라포 만호가 됨. 말년에는 노계에 낙향하여 글읽고
글짓기로 소일함. 송강과 고산에 비길 작가임. 蘆溪集이 있음.
시조 72수 전함.

　낙대를 빗기쥐고 작월탄 바라나려

붉은 역귀 헤혀내고 달 아래 앉앗으니
아모려 동강흥미ㄴ들 불을 줄이 이시랴

〈蘆溪歌辭48〉

낱말풀이

　빗기쥐고—비스듬히 잡고. 작월탄(釣月灘)—여울 이름. 바
라나려—바로 내려가서. 역귀—여뀌풀. 헤혀내고—헤쳐 내고.
아모려—아무리. 불을 줄이—부러워할 줄.

참 고

　桐江興味의 桐江은 중국에 있는 강 이름. 후한의 嚴光이 간
의대부를 마다하고 부춘산에 숨어 동강에서 낚시질하던 때의
흥취.

남으로 삼긴거시 부부같이 중할넌가
사람의 백복이 부부에 가잣거든
이리 중한 사이에 아니 화코 어찌하리

〈蘆溪歌辭19〉

낱말풀이

　삼긴거시—생긴 것이. 백복—온갖 행복. 가잣거든—갖추어
져 있거든. 화코—화목하고.

참 고

　오륜 중에 부부유별 5.

동기로 셋몸되야 한몸같이 지내다가
두 아은 어디 가서 돌아올 줄 모르는고
날마다 석양문외에 한숨겨워 하노라

〈蘆溪歌辭23〉

낱말풀이

셋몸되야─삼형제가 되어. 아은─아우는.

참 고

오륜 중에 형제우애 4.

반중 조홍감이 고아도 보이나다
유자 아니라도 품음즉도 하다마는
품어 가 반길 이 없을새 글로 설워하나이다

〈蘆溪歌辭1〉

낱말풀이

반중 조홍(盤中早紅)감─소반에 놓인 일찍 익은 붉은 감.
고아도─곱게도. 보이나다─보이는구나. 유자─귤의 일종. 유
자를 품는다 함은 중국 고사에서 따온 말. 즉, 중국 삼국 때
陸績이 여섯 살 때 袁術이가 준 귤을 품 속에 품어다가 어머니
께 주려 했다는 고사. 품은즉도─품음직도. 없을새─없는 까닭
으로. 글로─그런 이유로.

참 고

이 시조는 한음 이덕형이 감을 대접하자 옛 중국 육적의 고
사를 들어 돌아가신 어버이를 생각하여 지은 것임.

봉두에 솟은 달이 산중에 비치노라
구만리 장천이 멀고도 높건마는
고산이 삽천하니 돌 우흐로 나는덧다

〈蘆溪歌辭38〉

봉두(峯頭)—산 위에. 고산이 삽천—높은 산이 하늘에 꽂힌 듯함. 우흐르—위로. 나는덧다—날아가는 듯하도다.

참 고

시조 이름은 吐月峰.

북소리 들리는 절이 멀다 한들 얼마나 멀리
청산지상이오 백운지하였만은
오늘도 백운이 잠겼으니 아무댄 줄 모라올쇠

〈蘆溪歌辭〉

낱말풀이

아무댄 줄—아무 곳인 줄. 모라을쇠—모르겠구나.

새달은 뒷동산 말네 덩지 둥그러이 돋아 뜨고
잘새는 이미 수풀에 풀덕풀덕 나라들제 외나무 다리
에 가아
네 절이 얼매나 멀건데 묘종성이 들리난다

〈蘆溪歌辭〉

낱말풀이

새달—떠오르는 달. 말네—마루에. 덩지 둥그러이—둥그렇게.
멀건데—멀기에. 묘종성(暮鐘聲)—해질 무렵에 치는 종소리.

솔 아래 아희들아 네 어른 어데 가뇨
약 캐러 가시니 하마 돌아오련만은

산중에 구름이 깊으니 간 곳 몰라 하노라

〈蘆溪歌辭44〉

낱말풀이

어른—어르신네. 하마—이미, 벌써. 몰라하노라—모르도다.

참 고

이 시조의 이름은 採藥洞. 당나라 가도의 尋隱者不遇란 시
를 번역한 것임. 원시는 松下問童子 言師採藥去 只在此山中
雲深不知處의 있는 사람. 지식 있는 사람.

박팽년   朴彭年

작자소개

태종 17~세조 2(1417~1456). 자는 仁叟. 호는 醉琴軒. 본
관은 順天. 세종 16년에 알성시에 급제, 成三問 등과 함께 집현
전에 들어가 훈민정음 창제에 참여함. 벼슬이 형조참판이 되었으
나, 단종의 복위를 꾀하다가 세조에게 죽음을 당하였음. 사육신
의 한 사람. 시조 2수 전함.

가마귀 눈비 맞아 희는 듯 검노매라
야광명월이 밤인들 어두오랴
님 향한 일편단심이야 고칠줄이 이시랴

〈珍靑295〉

낱말풀이

희는 듯—희어지는 듯했으나 곧. 검노매라—검는구나. 야광

명월(夜光明月)—밤에 빛나는 밝은 달, 또는 야광주(夜光珠)
와 명월주(明月珠)의 두 구슬.

참 고

김질이 세조의 명을 받고, 옥중으로 술을 가지고 가서 태종
의 노래로 넌지시 마음을 떠보려 하니, 그 대답으로 그의 굽힘
없는 지조를 읊은 시조라 함〔燃藜室記述〕. 혹은 이 시조의 작
자를 李塏라 한 歌集도 있음.

금생려수(金生麗水)라 한들 물마다 금이 나며
옥출곤강(玉出崑岡)이라 한들 뫼마다 옥이 날쏜
암으리 사랑(思郎)이 즁타 한들 님님마다 좃츨야

〈李海213〉

낱말풀이

금생려수—금은 아름다운 물에서 생산됨. 여수(麗水)는 본
래 중국의 지명. 옥출곤강—옥은 곤강에서 남. 곤강은 중국의
곤륜산(崑崙山)임. 날쏜—날소냐.

박효관 朴孝寬

작자소개

자는 景華. 호는 雲崖. 철종·종 때의 歌客. 제자 安玟英과 함
께 歌曲源流를 펴냄. 고종 13년에 완성함. 시조 15수 전함.

공산(空山)에 우는 접동 너는 어이 우지난다

너도 날과 같이 무음 이별하였느냐
아무리 피나게 운들 대답이나 하더냐

〈花樂201〉

낱말풀이

접동─두견새. 우지난다─우짖느냐. 무음─무슨.

꿈에 왔던 님이 깨어 보니 간 데 없다
탐탐(耽耽)히 괴던 사랑 날 바리고 어듸 간고
꿈속이 허사라망정 자로 뵈게 하여라

〈花樂332〉

낱말풀이

탐탐히─몹시도. 괴던─사랑하던. 허사라망정─허사라 할망
정. 자로─자주.

뉘라서 까마귀를 검고 흉타 하닷던고
반포보은(反哺報恩)이 긔 아니 아름다온가
사람이 저 새만 못함을 못내 슬허하노라

〈花樂380〉

낱말풀이

하닷던고─하더란 말인가. 반포보은─까마귀 새끼가 자란 뒤
에 늙은 어머니에게 먹이를 물어다 주어 은혜를 보답하는 일.

님 그린 상사몽이 실솔의 넋이 되어
추야장 깊은 밤에 님의 방에 들었다가
날 잊고 깊이 든 잠을 깨워 볼까 하노라

〈花樂316〉

낱말풀이

　상사몽(相思夢)—사랑하고 사모하여 꾸는 꿈. 실솔—귀뚜라
미. 추야장(秋夜長)—긴긴 가을 밤. 날—나를.

서리치고 별 성권제 울며 가는 저 기러아
네 길이 긔 언마나 바빠 밤길좃차 녜난것가
강남에 기약을 두엇시매 늣겨갈까 져헤라

〈花樂211〉

낱말풀이

　성권제—돋을 때. 긔—그것이. 녜난것가—가는 것인가. 두
엇시매—두었으니. 늣겨갈까—늦어 갈까. 져헤라—두렵도다.

변계량　卞季良

작자소개

　고려 공민왕 18~조선 세종 12(1369~1430). 자는 巨卿.
호는 春亭. 본관은 密陽. 17세에 문과에 급제, 뒤에 예조우참의
에 승진했다가 우군도총제부사 때 죽음. 문집에 春亭文集이 있
음. 시조 2수 전함.

내해 좋다 하고 남 싫은 일 하지 말며
남이 한다 하고 의 아니면 좇지 말니
우리는 천성을 지키어 삼긴 대로 하리라

〈珍青341〉

낱말풀이

내해―나에게. 의 아니면―옳은 일이 아니면. 삼긴 대로―
생긴 대로.

서경덕 徐敬德

작자소개

성종 20~명종 1(1489~1546). 자는 可久. 호는 復齋 또는
花潭. 벼슬보다 道學에 전념함. 저서로 大虛說源·理氣死生鬼神
論 등이 花潭集에 전하여 옴. 시조 2수 전함.

마음아 너는 어이 매양에 져멋난다
내 늙을 적이면 넨들 아니 늙을소냐
아마도 너 좇녀 다니다가 남우일가 하노라

〈珍靑394〉

낱말풀이

져멋난다―젊었는가. **좇**녀―좇아가. 남우일가―남을 웃길까.

마음이 어린 후니 하난 일이 다 어리다
만중운산에 어내 님 오리마난
지는 잎 부는 바람에 행여 건가 하노라

〈珍靑23〉

낱말풀이

어린―어리석은. 만중운산(萬中雲山)―겹겹이 쌓인 구름과
산. 오리마난―올 것이냐마는. 건가―그인가, 임인가.

참 고

　서화담이 그에게 글 배우던 황진이를 그리워하여 지은 것이
라 전함.

선 조 宣祖

작자소개

　명종 7~선조 41(1552~1608). 조선 제14대 임금. 처음 이
름은 鈞. 개명하여 昖. 퇴계·율곡 등을 등용하여 善政에 힘씀.
당쟁과 임진왜란을 겪음.

　오면 가랴 하고 가면 아니 오네
　오노라 가노라니 볼날히 전혀 없네
　오날도 가노라 하니 그를 슬허하노라

〈歷代時調選〉

낱말풀이

　슬허―슬퍼.

참 고

　선조 왕이 朝臣 盧禛이 벼슬을 그만두고 돌아갈 때 한강을
건너자 이 노래를 지어 은쟁반에 써 전했다 함.

성삼문　成三問

작자소개

태종 18~세조2(1418~1456). 자는 謹甫, 또는 訥翁. 호는
梅竹軒. 본관은 昌寧. 생원으로 식년문과에 급제, 문과중시에 장
원. 집현전 학사에서 집현전 수찬·직집현전을 거쳐 왕명으로 신
숙주와 함께 禮記大文諺讀을 편찬하였으며, 박팽년·최항·이개
등과 집현전에서 훈민정음 창제에 관여함. 사육신의 한 사람. 문
집으로 成謹甫集이 있음. 시조 2수 전함.

수양산 바라보며 이제(夷齊)를 한하노라
주려 죽을진들 채미(採薇)도 하는것가
비록애 푸새엣 거신들 긔뉘 따헤 낫다니

〈珍靑15〉

낱말풀이

수양산(首陽山)—중국에 있는 산. 이제—백이(伯夷)와 숙제
(叔齊). 중국 은나라 사람들로서 주나라 무왕이 은나라를 치
려 할 때 이를 말렸으나, 뜻을 이루지 못하여 주나라의 곡식을
먹지 않겠다고 결심하고, 수양산에 들어가 고사리로 연명하다
가 굶어죽었다 함. 채미—고사리를 캠. 하는것가—하는 것인
가, 하는 것이 옳은 일인가. 푸새엣—풋나물. 긔—그것이. 따
헤—땅에.

이 몸이 죽어 가서 무엇이 될고 하니
봉래산 제일봉에 낙락장송 되얏다가
백설이 만건곤할 제 독양청청하리라

〈珍靑16〉

낱말풀이

봉래산(蓬萊山)—신선이 산다는 가상적인 중국 전설상의 산

이름. 낙락장송—키 큰 소나무. 만건곤(滿乾坤)—온 천지에 가
득함. 독야청청(獨也靑靑)하리라—홀로 푸르리라.

参 考

　작가가 단종의 복위를 꾀하다가 죽음을 당할 때 지은 충성
의 노래임.

성수침　成守琛

작자소개

　성종 24~명종 19(1493~1564). 자는 仲玉. 호는 聽松. 본
관은 昌寧. 학문을 좋아하고 대의에 통했음. 시조 4수 전함.

이리도 태평성대 져리도 태평성대
요지일월이오 순지건곤이로다
우리도 태평성대에 놀고 가려 하노라

〈珍靑393〉

낱말풀이

　이리도—여기도.　요지일월(堯之日月)—요임금이　다스리던
세월. 순지건곤(舜之乾坤)—순임금이 다스리던 세상.

천지대 일월명하신 우리의 요순성주
보토생령을 수역에 거느리서
우로에 패연홍은이 급금수를 하샷다

〈花樂65〉

　보토생령(普土生靈)―온 나라 안의 백성들. 수역―오래 산 사람이 많은 고장. 우로(雨露)에 패연홍은(霈然鴻恩)―넓고 큰 임금의 은혜를 흠뻑 입음. 급금수(及禽獸)―금수에까지 미침.

성 운 成 運

작자소개

　연산군 3~선조 12(1497~1579). 자는 健叔. 호는 大谷. 본관은 昌寧. 늦게 사마시에 급제. 乙巳士禍 때 보은 속리산에 은거함. 문집으로 大谷集이 있음. 시조 2수 전함.

　전원(田園)에 봄이 오니 이 몸이 일이 하다
　꽃낡은 뉘 옮기며 약밭은 언제 갈리
　아희야 대 뷔여 오너라 삿갓 먼저 결으리라

〈李海130〉

낱말풀이

　하다―많다. 갈리―갈까. 뷔여―베어서. 결으리라―걸어 짜겠도다.

성 종 成 宗

작자소개

　세조 3~성종 25(1457~1494). 이름은 娎. 조선 제9대 임금. 총명하여 학문을 즐기고 농잠을 장려했으며, 학자들에게 명하여 經國大典·樂學軌範·杜詩諺解·東國輿地勝覽·東文選·東國通鑑 등을 펴냄. 시조 1수 전함.

이시렴 브디 갈따 아니 가든 못할소냐

무단히 네 슬트냐 남의 말을 들엇느냐

그려도 하 애도래라 가는 뜻을 일러라

〈注海8〉

낱말풀이

이시렴—있으렴. 갈따—가겠는가. 슬트냐—싫더냐. 그려도
—그래도. 하—많이, 하도. 애도래라—애닯구나.

참 고

벼슬은 비록 높지 않았으나, 충효·시문·書筆로서 당대의
삼절이라 불리던 俞好仁이 노모를 봉양하기 위해 고향으로 내
려가려는 것을 말려도 듣지 않자, 성종이 작별의 술을 권하며
지은 것이 이 시조라 전함.

성 혼 成 渾

작자소개

중종 30~선조 31(1535~1598). 자는 浩原. 호는 牛溪·默
庵. 율곡과 理氣論을 토론함. 이조참의를 지냄. 율곡이 배척당하
는 일에 죄없음을 변호하여 상소함. 임진왜란 때 유성룡과 같이
척화파로 물러남. 牛溪集이 있음. 시조 3수 전함.

말없는 청산이요 태없는 유수로다

값없는 청풍이요 님자없는 명월이라
이 중에 병없는 이 몸이 분별없이 늙으리라

〈花樂355〉

낱말풀이

태없는—고정된 모양이 없는. 분별없이—걱정없이, 시름없이.

시절이 태평토다 이 몸이 한가커니
죽림 푸른 곳에 오계성午鷄聲 아니런들
깊이 든 일장화서몽을 어느 벗이 깨오리

〈珍靑313〉

낱말풀이

죽림—대숲. 여기선 죽림의 7현(七賢)을 가리킴. 오계성—
대낮에 우는 닭소리. 일장화서몽(一場華胥夢)—한바탕의 화려
한 꿈. 중국의 황제가 낮잠을 자다가 화서란 나라에서 태평한
꿈을 꾼 고사에서 온 말.

소백주 小栢舟

작자소개

평양 기생. 연대 미상. 시조 1수 전함.

상공을 뵈온 후에 사사를 믿자오매
졸직한 마음에 병들가 염려러니
이리 마 저리 차 하시니 백년 동포 하리라

〈珍靑289〉

낱말풀이

상공(相公)—상국(相國), 정승. 사사—모든 일. 졸직(拙直)
—어리석은. 이리 마—장기의 마(馬). 저리 차—장기의 차
(車). 백년 동포—백년 해로(百年偕老).

참 고

광해군 때 朴燁이 손님과 장기를 두면서 소백주에게 시조를
지으라 했더니 지은 것이라 함. 따라서 본문의 상공은 象과
宮, 事는 士, 拙은 卒, 病은 兵, 抱는 包와 통함.

소춘풍　笑春風

작자소개

성종 때의 영흥 기생. 몹시 아름다웠다 함. 시조 3수 전함.

당우를 어제 본 듯 한당송을 오늘 본 듯
통고금 달사리하는 명철사를 어떻다고
저 설 데 역력히 모르는 무부를 어이 좋으리

〈注海137〉

낱말풀이

당우(唐虞)—도당씨와 유우씨, 곧 요순시대. 한당송—중국
한·당·송의 세 나라, 경학(經學)이 크게 일어난 시대. 통고
금 달사리—고금을 통해 사리에 밝음. 명철사—총명하고 사리
에 밝은 선비. 저 설 데—저 설 곳. 역력히—뚜렷이. 무부—무
사(武士).

전언은 희지이라 내 말씀 허물 마오
문무일체인 줄 나도 잠깐 아옵거니
두어라 규규무부를 아니 좃고 어이리

〈注海138〉

낱말풀이

전언(前言)—앞에 한 말, 즉 「당우(唐虞)를 어제 본듯……」
의 시조. 희지이(戲之耳)—실없이 장난삼아 말했을 뿐이오. 문
무일체—문관과 무관이 한결같음. 규규무부(赳赳武夫)—용맹
스러운 무관. 좃고—쫓고〔追〕.

제도 대국이오 초도 역대국이라
조고만 등국이 간어제초 하였으니
두어라 이 좋으니 사제사초 하리라

〈注海139〉

낱말풀이

제(齊)—중국 춘추시대의 한 나라, 주 무왕이 태공망(太公
望)에게 봉하여 준 나라. 초(楚)—춘추시대 다섯 패왕의 나라.
등국(藤國)—초나라와 제나라에 끼어 있는 작은 나라. 간어제
초(間於齊楚)—제나라와 초나라의 사이에 끼어 있음. 사제사
초(事齊事楚)—제나라도 섬기고 초나라도 섬김.

참 고

소춘풍의 시조 3수에는 다음과 같은 이야기가 엮어져 있음.
성종께서는 술자리를 자주 베풀어 신하들과 여악(女樂)을 즐
겼다. 하루는 소춘풍에게 술을 따르라 했다. 마침 영상께 술잔
을 올리면서 앞에 든, 즉「당우를 어제 본 듯 한당송을 오늘 본
듯……」을 불렀다. 이는 문관을 치켜세우고 무관을 얕잡은 뜻

의 노래다. 따라서 문관들은 양양하였지만 무관들은 침울해졌다. 이때 소춘풍은 다시 한 잔을 부어 무관에게 올리면서 「전언은 희지이라 내 말씀 허물 마오……」란 권주가를 불렀다. 이리하여 침울했던 무관들을 즐겁게 했다. 다음에 다시 「제도 대국이오 초도 역대국이라……」를 불러서 결론을 지었다. 이에 성종께선 매우 만족하셔서 많은 비단과 호표피 등을 상으로 주었다. 따라서 소춘풍의 명성은 전국에 퍼졌다. 이런 이야기는 車天輅의 五山說林草藁라는 책에 적혀 있음.

송계연월옹　松桂烟月翁

작자소개

영조 때의 歌人. 古今歌曲의 편자. 시조 14수 전함.

거문고 타자 하니 손이 알파 어렵거늘
북창송음(北窓松陰)의 줄을 언져 거러 두고
바람에 제 우는 소리 이거시야 듣기 좋다

〈古今283〉

낱말풀이

　알파―아파〔病〕. 북창송음―북쪽 창 밖의 소나무. 언져―얹어. 제―스스로, 저절로.

늙어지니 벗이 없고 눈 어두워 글 못 볼쇠
고금 가곡을 모두어 쓰는 뜻은
여기나 흥을 붙쳐 소일코저 하노라

〈古今293〉

낱말풀이

글 못 볼쇠―글 못 볼 것이로구나.

마천령(摩天嶺) 올라 앉아 동해를 굽어보니
물 밖에 구름이요 구름 밖에 하늘이라
아마도 평생장관(平生壯觀)은 이것인가 하노라

〈古今285〉

낱말풀이

마천령―함경도 단천(端川)에 있는 높은 재. 평생장관―평
생에 볼 만한 장대한 경관(景觀).

이보오 내 마리가 하마 발서 셰나이다
늙거든 아니 셰랴 셰는 것이 녜새니라
셰기야 셸 대로 셰거니 사랑이야 어데 가리

〈古今292〉

낱말풀이

마리―머리〔頭髪〕. 하마―벌써. 셰나이다―희어집니다. 셰
랴―희어지겠느냐. 녜새니라―예사로운 일이다.

저 건너 큰 기와집 위태히도 기우런내
저 집 사람들은 아는가 모르는가
어데가 긴 나무 얻어 괴와 두면 좋을다

〈古今284〉

낱말풀이

좋을다─좋을 것이로다.

칠십에 책을 써서 몇 해를 보쟈 말고
어와 망녕이야 남이 일정 우을노다
그려도 팔십이나 살면 오래 볼법잇나니

〈古今294〉

낱말풀이

보쟈 말고─보잔 말인가. 어와─감탄사. 망녕이야─망령이
로구나. 일정─반드시. 우을노다─웃을 것이로구나.

송 순 宋 純

작자소개

성종 24~선조 16(1493~1583). 자는 遂初. 호는 俛仰亭ㆍ
企村. 본관은 新平. 별시에 급제, 우참찬을 지냄. 耆社에 뽑혔다
가 물러나, 담양에서 면앙정을 짓고, 逍遙自適하다가 91세에 세
상을 떠남. 저서로는 企村集 2권과 俛仰亭歌가 있음. 시조 2수
전함.

풍상이 섯거친 날에 갓 픠온 황국화를
금반(金盤)에 가득 담아 옥당에 보내오니
도리야 곳인 체 마라 님의 뜻을 알니라

〈花樂242〉

낱말풀이

풍상(風霜)—바람과 서리. 섯거친—뒤섞이어 친. 갓 퓌온—
갓 핀. 옥당—홍문관(弘文館)의 다른 이름. 곳인 체—꽃인 체.
알니라—알겠도다.

참 고

명종께서 御苑菊花를 옥당관에게 내리시며 노래를 짓게 하
였으나, 옥당관이 창졸간에 짓지 못하고 마침 송순에게 지어
달라 해서 바쳤다 함. 이 사실을 아신 명종께서 송순에게 상을
내렸다 함〔芝峰類說 卷十四 歌詞條〕.

송시열 宋時烈

작자소개

선조 40~숙종 15(1607~1689). 자는 英甫. 호는 尤菴. 본
관은 恩津. 沙溪 金長生의 문인. 효종 임금의 師傅가 됨. 판중추
부사·봉조하를 지냄. 경종의 책봉을 이르다고 반대하다가 숙종
의 진노를 사서 제주도로 귀양갔다가 정읍에서 사사됨. 저서로는
朱子大全剳疑·二程書分類·問議通攷·心經釋義 등과 문집 백여
권이 있음. 시조 2수 전함.

님이 헤오시매 나는 전혀 믿엇더니
날 사랑하던 정을 뉘손대 옮기신고
처음에 믜시던 것이면 이대도록 셜오랴

〈珍靑298〉

헤오시매―헤아려 주시기에. 뉘손대―누구에게. 믜시던―미
워하시던. 이대도록―이토록. 셜오랴―서러우랴.

청산도 절로절로 녹수도 절로절로
산 절로절로 수 절로절로 산수간에 나도 절로절로
그 중에 절로절로 자란 몸이 늙기도 절로절로

〈珍青162〉

절로절로―자연 그대로.

송 이 松 伊

신원 미상. 기생. 시조 1수 전함.

솔이 솔이라 하니 무슨 솔만 너기난다
천심절벽에 낙락장송 내 긔로다
길 아래 초동의 졉낫이야 걸어 볼 줄 이시랴

〈注海143〉

솔만―솔로만. 너기난다―여기느냐. 천심절벽(千尋絶壁)―
천길 만길 높은 절벽. 낙락장송―크고 높이 자란 소나무. 긔로다

―그것이로다. 초동(樵童)―나무하는 아이. 접낫―자그마한 낫.

송 인 宋 寅

작자소개

　중종 12~선조 17(1517~1584). 자는 明仲. 호는 頤庵. 본
관은 礪山. 중종의 셋째서녀 貞順翁主와 결혼하여 부마가 됨. 사
람됨이 고아하고, 글과 글씨에 뛰어났으며, 당시 퇴계·남명·율
곡 등 쟁쟁한 선비들의 존경을 받았음. 저서로는 頤庵集이 있음.
시조 4수 전함.

　드른 말 즉시 잊고 본 일도 못 본 듯이
　내 인사 이러호매 남의 시비 모를로다
　다만지 손이 성하니 잔 잡기만 하노라

〈珍靑26〉

낱말풀이

　이러호매―이러하기 때문에. 모를로다―모를 것이로다. 다
만지―다만. 잔―술잔.

　이셩져셩하니 이론 일이 무스 일고
　호롱하롱하니 세월이 거의로다
　두어라 이의이의(已矣已矣)여니 아니 놀고 어이리

〈珍靑24〉

낱말풀이

　이론―이룬. 무스―무엇. 이의이의여니―이미 지나가고 또

지나갈 뿐이니.

한달 설흔 날에 잔을 아니 놓았노라
팔병도 아니 들고 입덧도 아니 난다
매일에 병없는 덧으란 깨지 말미 엇더리

〈珍靑25〉

낱말풀이

덧으란―동안이란.

송종원 宋宗元

작자소개

신원 미상. 자는 君星. 시조 9수 전함.

인생이 꿈인 줄을 저마다 아노라네
아노라 하오시나 아나니를 못 볼너고
우리는 진실로 아오매 취코 놀려 하노라

〈花樂272〉

낱말풀이

아나니―아는 사람. 못 볼너고―만나지를 못하겠구나. 아오
매―안 까닭으로.

숙 종 肅 宗

작자소개

현종 2~숙종 46(1661~1720). 조선 제19대 임금. 이름은
焞. 자는 明普. 시조 2수 전함.

추수는 천일색이오 용가는 범중류이라
소고 일성에 해만고지수혜로다
우리도 만민 다리고 동락태평하리라

〈珍靑220〉

낱말풀이

추수(秋水)는 천일색(天一色)—가을철의 맑은 물은 하늘과
한 빛으로 맑음. 용가(龍舸)—용을 새긴 큰 배. 범중류(泛中
流)—강물 가운데 떠 있음. 소고 일성—통소와 북소리. 해만고
지수혜(解萬古之愁兮)—만고에 쌓인 근심이 풀린다. 동락태평
(同樂太平)—함께 태평한 세월을 보냄.

신광한　申光漢

작자소개

성종 15~명종 10(1484~1555). 자는 漢之. 호는 企齋·駱
峰·靑城洞主. 본관은 高靈. 영의정 신숙주의 손자. 이조판서·
홍문관 제학·의정부 좌찬성 등 역임. 시조 1수 전함.

심여장강 유수청이요 신사부운 무시비라
이 몸이 한가하니 따르는 이 백구이로다
어즈버 세상명리설이 귀에 올ㄱ가 하노라

〈花樂243〉

낱말풀이

심여장강 유수청(心如長江流水淸)—마음은 긴 강의 흐르는
물처럼 맑음. 신사부운 무시비(身似浮雲無是非)—몸은 뜬구름
처럼 시비가 없이 자유스러움. 따르는 이—따르는 것은. 세상
명리설(世上名利說)—세상의 명예와 이익에 대한 말.

신 위 申 緯

작자소개

영조 45~헌종 13(1769~1847). 자는 漢叟. 호는 紫霞. 본
관은 平山. 참판 年升의 아들. 알성과에 급제, 벼슬은 병조참판
을 거쳐 조참판에 이름. 당시 시·서·화의 삼절임. 조선조 개국
이래 시작품이 가장 많은 사람. 작품으로는 警修堂全藁·焚餘錄
·申紫霞詩集 등이 있음. 시조 1수 전함.

문노라 저 선사야 관동 풍경 어떻더니
명사십리 해당화만 붉어 있고
원포에 양양 백구는 비소우를 하더라

〈李靑642〉

낱말풀이

선사(禪師)—중을 높여서 부르는 말. 원포(遠浦)—먼 갯가

〔浦〕. 양양—쌍쌍. 비소우(飛疏雨)—가랑비 내리는 속을 날음.

신정하 申靖夏

작자소개

숙종 7~숙종 42(1681~1716). 자는 正甫. 호는 恕庵. 본관
은 平山. 金昌協의 문인. 벼슬은 부교리 등 역임. 노소론의 당쟁
때 삭직됨. 시조 3수 전함.

벼슬이 좋다 한들 이내 몸에 비길소냐
건려를 바삐 몰아 고산으로 돌아오니
어듸서 급한 비 한 줄기에 출진행장 시서고

〈珍靑212〉

낱말풀이

건려(蹇驢)—다리 저는 나귀. 고산—고향. 출진행장(出塵行
裝)—세속을 벗어나는 나그네의 차림. 시서고—씻었도다.

전산 작야우에 가득한 추기로다
두화전(豆花田) 관솔불에 밤 호믯 빛이로다
아희야 뒷 내 통발에 고기 흘러 날쎄라

〈注海252〉

낱말풀이

호믯—호미의. 통발—가는 댓조각을 엮어서 만든 고기잡이
의 기구. 날쎄라—날까 두렵도다.

신 흠 申 欽

작자소개

명종 21~인조 6(1566~1628). 자는 敬叔. 호는 象村. 본관
은 平山. 영의정까지 모든 직을 역임. 영창대군에 관한 선조의
遺敎七臣 건으로 관직을 빼앗기고 향리 춘천에 돌아감. 정주학의
대가이며, 조선 중기 한학의 태두이자. 4문장가의 한 사람이다.
저서로는 象村集 등이 있음. 시조 31수 전함.

간밤 비오더니 석류꽃이 다 퓌거다
부용당반에 수정렴(水晶簾) 걸어 두고
눌 향한 깊은 시름을 못내 풀려 하노라

〈六靑900〉

낱말풀이

퓌거다―피었다. 부용당반―연꽃이 피는 연못가. 수정렴―
수정으로 만든 발. 눌―누구를.

꽃지고 속잎나니 시절도 변하거다
풀 속에 푸른 버레 나븨되야 나다는다
뉘라서 조화를 잡아 천변만화하는고

〈珍靑141〉

낱말풀이

변하거다―변하였도다. 나븨―나비. 나다는다―날아다닌다.

공명이 긔 무엇고 헌신짝 벗은이로다

전원에 돌아오니 미록(麋鹿)이 벗이로다
백년을 이리 지내도 역군은이로다

〈珍靑117〉

낱말풀이

긔—그것이. 벗은이—벗은 것. 미록—고라니와 사슴.

남산 깊은 골에 두어 이랑 이러 두고
삼신산 불사약을 다 캐어 심근 말이
어즈버 창해상전을 혼자 볼가 하노라

〈珍靑138〉

낱말풀이

이러 두고—일구어 갈아서 두고. 창해상전(滄海桑田)—바다
가 뽕나무밭이 되듯 세상이 크게 변하는 일.

내 가슴 헤친 피로 님의 양자 그려내어
고당소벽에 걸어 두고 보고지고
뉘라서 이별을 삼겨 사람 죽게 하난고

〈珍靑131〉

낱말풀이

양자(樣子)—모습. 고당소벽(高堂素壁)—높은 집의 흰 벽.
삼겨—생기게 하여. 만들어 내어.

냇가의 해오라바 므스 일 셔 있는다
무심한 저 고기를 여어 무슴하렸는다
두어라 한 물에 있거니 잊어신들 어떻리

〈珍靑122〉

낱말풀이

셔 있는다―서 있는가. 여어―엿보아. 무슴하렷는다―무엇
하려는가.

노래 삼긴 사람 시름도 하도 할샤
일러 다 못 일러 불러나 푸돗든가
진실로 풀릴 것이면 나도 불러 보리라

〈珍靑144〉

낱말풀이

삼긴―지은, 만든. 하도 할샤―많기도 많구나. 일러―말도
하여. 불러나―노래로 불러서. 푸돗든가―풀었던가.

반되불이 되다 반되지 웨 불일소냐
돌히 별이 되다 돌이지 웨 별일소냐
불인가 별인가 하니 그를 몰라 하노라

〈珍靑140〉

낱말풀이

반되불―반딧불. 되다―된다 해도. 돌히―돌〔石〕이.

산촌에 눈이 오니 돌길이 문혔세라
시비를 여지 마라 날 찾으리 뉘 이시리
밤중만 일편명월이 긔 벗인가 하노라

〈珍靑116〉

낱말풀이

시비―사립문(門). 밤중만―한밤중에. 일편명월―한 조각의
밝은 달.

술먹고 노는 일을 나도 왼 줄 알건마는
신릉군(信陵君) 무덤 우희 밭가는 줄 못 보신가
백년이 역 초초하니 아니 놀고 어찌하리

〈珍靑125〉

낱말풀이

왼 줄―잘못된 줄, 틀린 줄. 신릉군―신릉은 옛 중국의 지
명인데, 위나라 무기라는 공자(公子)를 이곳에 봉한 데서 불
리는 말. 무덤 우희 밭가는 줄―이태백의 시에 「호화롭게 살다
가 죽은 신릉군의 묘도 후세에 누군가가 밭을 갈더라」는 구절
이 있는데, 이는 인생의 무상함을 이르는 말임. 보신가―보셨
는가. 초초하니―고생스러우니.

술이 몇 가지오 청주와 탁주로다
먹고 취할 선정 청탁이 관계하랴
달 밝고 풍청한 밤이여니 아니 긴들 어떻리

〈珍靑139〉

낱말풀이

취할 선정―취할망정. 긴들―들이마신들.

아침은 비오더니 늦이니난 바람이로다
천리만리ㅅ 길에 풍우는 무스 일고

두어라 황혼이 멀엇거니 쉬어간들 어떻리

〈珍青130〉

낱말풀이

늦이니난—늦어서는. 무스 일고—무슨 일인고. 멀엇거니—
멀었으니.

어젯밤 눈온 후에 달이조차 비최엿다
눈 후 달빛이 맑음이 그지없다
어떻다 천말부운은 오락가락 하나뇨

〈珍青121〉

낱말풀이

달이조차—달까지. 그지없다—끝이 없다. 천말부운(天末浮
雲)—하늘 끝에 뜬 구름.

초목이 다 매몰한 제 송죽만 푸르렀다
풍상 섯거친 제 네 무슨 일 혼자 푸른
두어라 내 성이어니 물어 무슴하리

〈珍青118〉

낱말풀이

매몰한 제—파묻힌 때. 푸른—푸른가. 무슴하리—무엇하리.

한식 비온 밤에 봄빛이 다 퍼졌다
무정한 화류도 때를 알아 피었거든
엇더타 우리의 님은 가고 아니 오는고

〈珍青132〉

낱말풀이

화류—꽃과 버들. 엇더타—어찌하여.

혓가레 기나 자르나 기둥이 기우나 트나
수간 모옥이 적은 줄 웃지 마라
어즈버 만산 나월이 다 내 것인가 하노라

〈珍靑123〉

낱말풀이

혓가레—서까래. 기우나 트나—기울었거나 틀어졌거나. 수
간 모옥—두서너 칸 초가집. 적은 줄—적은 것을. 만산 나월—
산에 가득한 풀숲에 비친 달.

서 익 徐 益

작자소개

중종 37~선조 20(1542~1587). 자는 君受. 호는 萬竹·萬
竹軒. 본관은 扶餘. 震男의 아들. 별시에 급제, 의주목사를 지냄.
저서로는 萬竹軒集이 있음. 시조 2수 전함.

녹초 청강상에 구레벗은 말이 되어
때때로 머리들어 북향하야 우는 뜻은
석양이 재 넘어가매 님자 그려 우노라

〈珍靑94〉

낱말풀이

녹초—푸른 풀. 청강상(晴江上)—맑은 날씨 아래의 강. 구

레벗은─굴레를 벗은, 여기서는 벼슬자리를 물러난 것에 비유
한 말.

이 뫼흘 헐어내어 저 바다흘 메오며는
봉래산(蓬萊山) 고온 님을 걸어가도 보련마는
이 몸이 정위조같이야 바잔일만 하노라

〈珍靑93〉

낱말풀이

　뫼흘─산을. 바다흘─바다를. 메오며는─메우면. 정위조(精
衞鳥)─옛날 염제의 딸이 죽어서 되었다는 바닷가에 사는 새.
바잔일만─배회하기만.

신희문 申喜文

작자소개

자는 明裕. 신원 미상. 시조 14수 전함.

논밭 갈아 기음매고 돌통대 기사미 피어 물고
콧노래 부르면서 팔뚝춤이 제격이라
아희는 지어자하니 허허 웃고 놀리라

〈六靑562〉

낱말풀이

　돌통대─흙이나 나무로 만든 담뱃대. 기사미─잘게 썰어 만
든 담배. 지어자하니─「지어자」는 흥을 돋우기 위해 장단을 가
볍게 맞추어 내는 데 알맞는 소리. 허허─호언장담하는 모양.

두고 가는 이별 보내는 내 안도 있네
알뜨리 그리울 제 구회간장 석을노다
저 님아 혜여 보소라 아니 가든 못 할소랴

〈六靑269〉

낱말풀이

안─마음, 심정. 구회간장(九回肝腸)─굽이굽이 깊이 든 마
음속. 「구곡간장」과 같은 말. 석을노다─썩는구나. 혜여 보소
라─생각해 보십시오. 못 할소랴─못 하겠느냐.

뵈잠방이 호미 메고 논밭 갈아 기음매고
농가(農歌)를 부르며 달을 띄여 돌아오니
지어미 술을 거르며 내일 뒷밭 매옵세 하더라

〈六靑561〉

낱말풀이

뵈잠방이─무명베로 만든 짧은 흩고의. 띄여─띠[帶] 두르
고. 지어미─아내.

청춘에 이별한 님이 몇 세월이 지내엇노
유광이 덧없어 곱던 양자 늙거고야
저 님아 백발을 한치 말아 이별 뉘을 슬혜라

〈六靑270〉

낱말풀이

유광(流光)─흐르는 물처럼 빠른 세월. 늙거고야─늙었구
나. 뉘을─뉘를. 「뉘」는 세상, 때의 뜻. 슬혜라─슬퍼하도다.

안민영 安玟英

작자소개

자는 聖武·荊甫. 호는 周翁. 朴孝寬의 문인. 저서로는 周翁漫錄이 있음. 박효관과 같이 歌曲源流를 펴냄. 시조 28수 전함.

꾀꼬리 고은 노래 나븨춤을 시기 마라
나븨춤 아니런들 앵가 너뿐이여니와
네 곁에 다정타 이를 것은 접무론가 하노라

〈李靑226〉

낱말풀이

앵가(鶯歌)—꾀꼬리의 울음소리. 접무(蝶舞)—나비의 춤.

높으락 나즈락하며 멀기와 가깝기와
모지락 둥그락하며 길기와 짜르기와
평생을 이리하였으니 무슨 근심 있이리

〈六歌162〉

낱말풀이

가깝기와—가까웁게. 짜르기와—짧게.

눈으로 기약터니 네 과연 피었구나
황혼에 달이 오니 그림자도 성긔거다
청향이 잔에 떠 있으니 취코 놀려 하노라

〈花樂97〉

| 낱말풀이 |

　성긔거다―생기었다. 청향―맑은 향기.

| 참 고 |

　詠梅歌 중의 하나.

담 안에 섯는 꽃은 버들 빛을 새워 마라
버들꽃 아니런들 화홍 너뿐이여니와
네 곁에 단정타 이를 것은 유록(柳綠)인가 하노라

〈雅歌413〉

| 낱말풀이 |

　새워 마라―시기하지 마라.

동각에 숨은 꽃이 척촉(躑躅)인가 두견화인가
건곤이 눈이여늘 제 어찌 감이 피리
알괘라 백설양춘이 매화밖에 뉘 있으리

〈雅歌165〉

| 낱말풀이 |

　동각(東閣)―동쪽에 있는 누각. 척촉―철쭉꽃. 두견화(杜鵑
花)―진달래. 건곤―온 천지. 알괘라―알겠도다. 백설양춘―겨
울철인데도 봄철 같음.

| 참 고 |

　詠梅歌중의 하나.

매영(梅影)이 부딪친 창에 옥인금차 비겨슨져
이삼 백발옹은 거문고와 노래로다

이윽고 잔 잡아 권할 적에 달이 또한 오르더라

〈李青21〉

낱말풀이

매영―매화나무의 그림자. 옥인금차(玉人金釵)―어여쁜 여인의 금비녀. 비겨슨져―비껴 섰구나. 백발옹―백발노인.

참 고

영매가 중의 하나.

바람이 눈을 몰아 산창을 부딪치니
찬기운 새여들어 잠든 매화를 침노한다
아무리 얼우려 하인들 봄 뜻이야 앗을소냐

〈花樂121〉

낱말풀이

산창―산가(山家)의 창. 얼우려 하인들―얼리려고 한들.

참 고

영매가 중의 하나.

빙자옥질이여 눈 속에 네로구나
가만이 향기 놓아 황혼월을 기약하니
아마도 아치고절은 너뿐인가 하노라

〈花樂96〉

낱말풀이

빙자옥질(氷資玉質)―얼음처럼 옥처럼 고운 자질(資質). 네로구나―너로구나. 황혼월(黃昏月)―저녁 달. 아치고절(雅致高節)―알뜰하고 곱고 높은 절개.

참 고

영매가 중의 하나.

저 건너 나부산(羅浮山) 눈 속에 검어 우뚝 울퉁불퉁
광대 등걸아
네 무슨 힘으로 가지돋쳐 곳조차 저리 피었는다 아아
아아아 아하 아아
아무리 썩은 배 반만 남았을망정 봄 뜻을
어이 하리오

〈花樂153〉

낱말풀이

나부산—중국에 있는 산 이름. 광대 등걸—고목이 되어 울
퉁불퉁 툭툭 내민 나무 등걸. 곳조차—꽃마저. 피었는다—피었
느냐.

참 고

영매가 중의 하나.

해지고 돋는 달이 너와 기약 두었던가
합리에 자든 곳이 향기 놓아 맡는고야
내 어찌 매월이 벗되는 줄 몰랐던가 하노라

〈花樂120〉

낱말풀이

합리—침실 안. 매월—매화와 달.

영매가 중의 하나.

안연보　安烟甫

작자소개

신원 미상. 시조 4수 전함.

그려 병드는 재미 병들다가 만나는 재미
나 질기다가 떠나는 재미
평생의 이 재미 없으면 무삼 재미

〈李靑720〉

낱말풀이

　그려―그리워하여. 질기다가―즐기다가.

사람이 사람을 그려 사람이 병드단말가
사람이 언마 사람이면 사람 한나 병들일랴
사람이 사람 병들이는 사람은 사람 아닌 사람

〈李靑721〉

낱말풀이

　병드단말가―병이 든단 말인가. 언마―얼마만큼의.

유유이 가는 구름 반갑고 불워애라
만강수회를 가져들어 붙치는니

가다가 긋는 곳이여든 님 계신 데 전하여라

〈李靑722〉

낱말풀이

유유(悠悠)이＝느릿느릿하게. 불워애라—부럽구나. 만강수
회(滿腔愁懷)—가슴에 가득찬 슬픈 마음. 가져들어—갖추어
들어〔聞〕. 긋는—끊어지는.

안 정 安 挺

작자소개

성종 25~?(1494~?). 자는 挺然. 호는 竹窓. 본관은 順興.
생원 현량과에 급제, 벼슬은 현감을 지냄. 글씨에 뛰어났고, 특
히 매죽(梅竹)에 능했음. 시조 2수 전함.

전나귀 모노라니 서산에 일모로다
산로(山路) 험하거든 간수나 잔잔커나
풍편에 문견폐하니 다 왔는가 하노라

〈花樂317〉

낱말풀이

전나귀—발을 저는 나귀. 일모로다—해가 저물었도다. 간수
(澗水)—산골짜기에서 흘러내리는 물. 풍편에 문견폐(聞犬吠)
하니—바람결에 개짖는 소리를 들으니.

청우를 빗기 타고 녹수를 흘리 건너
천대산 깊은 골에 불로초를 캐러 가니

만학에 백운이 잦았으니 갈 길 몰라 하노라

〈花樂47〉

낱말풀이

청우(靑牛)―노자가 서유(西遊)할 때 탄 소. 빗기―비스듬
이. 가로. 흘리―흐르게. 흐르면서. 골에―골짜기에. 만학(萬
壑)―많은 골짜기. 잦았으니―자욱하니.

양사언 楊士彦

작자소개

중종 12~선조 17(1517~1584). 자는 應聘. 호는 蓬萊·海
客. 본관은 淸州. 강릉·함흥·평창 등의 수령을 역임. 산수를
좋아하여 금강산을 왕래하며, 초연히 세상을 지냈음. 금강산 만
폭동에 바둑판을 그리고 「蓬萊楓岳羽化洞天」이라 새기기도 했음.
특히 초서와 큰 글씨를 잘 썼고, 조선 전기 4대 서예가의 한 사
람임. 저서로는 蓬萊詩集이 있음. 시조 1수 전함.

태산이 높다 하되 하늘 아래 뫼히로다
오르고 또 오르면 못 오를 리 없건마는
사람이 제 아니 오르고 뫼흘 높다 하나니

〈珍靑374〉

낱말풀이

태산―중국에 있는 산 이름. 뫼히로다―산이로다. 뫼흘―산을.

양응정 梁應鼎

작자소개

중종 14~?(1519~?). 자는 公燮. 호는 松川. 본관은 濟州. 교리 彭孫의 아들. 생원 식년시에 급제, 벼슬은 수찬을 거쳐 진주목사·공조참판·대사성에 이름. 시문에 능함. 저서로는 松川集·龍城唱酬錄이 있음. 시조 2수 전함.

엄동에 뵈옷 입고 암혈에 눈비 마자
구름 낀 볕뉘를 쬔 적이 없것마는
서산에 해지다 하니 눈물겨워 하노라

〈珍靑91〉

낱말풀이

엄동(嚴冬)—매우 추운 겨울. 뵈옷—베옷〔布衣〕. 암혈—바위 구멍에서의 궁색한 거처. **볕뉘**—햇볕이 쪼이는 세상. 서산에 해지다—늙어가는 인생을 비유한 말. 여기서는 중종의 돌아가심을 가리킴.

참 고

이 시조의 작가를 혹 曺植이라 하기도 함.

오경화 吳擎華

작자소개

慶華 또는 景化로도 썼음. 자는 子衡·子亨. 호는 瓊叟. 연대 미상. 시조 3수 전함.

곡구농 우는 소리에 낮잠 깨어 이러 보니

적은 아들 글니르고 며늘아기 배짜는듸 어린 손자는
곳노리한다

맞초아 지어미 술걸으며 맛보라고 하더라

〈花樂524〉

낱말풀이

곡구농(谷口哢)―피끼리 우는 소리. 이러 보니―일어나 보
니. 글니르고―글 읽고. 배짜는듸―베를 짜는데. 맞초아―때맞
추어. 지어미―자기 아내.

왕방연 王邦衍

작자소개

세종 때 문신. 단종이 영월로 유배갈 때 호위한 의금부도사였
음. 시조 1수 전함.

천만리 머나먼 길에 고은 님 여희압고

내 마음 둘 데 없어 냇가에 앉아이다

저 물도 내 안 갓도다 울어 밤길 녜놋다

〈珍青17〉

낱말풀이

고은 님―어여쁜 임. 여기서는 단종을 가리킴. 여희압고―
이별하옵고. 앉아이다―앉아 있습니다. 안―마음, 심정. 녜놋
다―가도다.

우 탁 禹 倬

작자소개

원종 4~충혜왕 복위 3(1263~1342). 자는 天章·卓甫. 호
는 易東. 본관은 丹陽. 진사 天珪의 아들. 문과에 급제, 영해사록
·감찰규정에 올랐으나 사직하고, 예안현에 은거함. 경사와 역학
에 전념하여 후진을 가르쳤음. 丹巖書院·道東書院·丹山書院·
易東書院에 祭享. 시호는 文僖. 시조 2수 전함.

춘산에 눈 녹인 바람 건듯 불어 간데 없다
적은 덧 빌려다가 마리 우혜 불리고저
귀 밑의 해묵은 서리를 녹여 볼가 하노라

〈珍靑403〉

낱말풀이

건듯―얼핏. 적은 덧―잠깐. 마리 우혜―머리 위에. 해묵은
서리―백발을 뜻함.

한 손에 막대 잡고 또 한 손에 가싀 쥐고
늙는 길 가싀로 막고 오는 백발 막대로 치려터니
백발이 눈치 먼저 알고 지름길로 오건야

〈李海111〉

낱말풀이

가싀―가시. 치려터니―치려 했더니. 오건야―오더라.

원천석 元天錫

작자소개

자는 子正. 호는 耘谷. 본관은 原州. 고려 왕조가 기울자, 벼
슬을 버리고 치악산에 숨어 몸소 밭을 갈고 어버이를 봉양함. 태
종이 어릴 적에 운곡에게 글 배운 바 있어 왕위에 오르자, 몇 번
불렀으나 나오지 않음. 시조 2수 전함.

눈 맞아 휘어진 대를 뉘라서 굽다턴고
굽을 절이면 눈 속에 푸를소냐
아마도 세한고절은 너뿐인가 하노라

〈珍靑391〉

낱말풀이

굽다턴고—굽었다고 하던고. 세한고절(歲寒高節)—한겨울
추위도 이기는 높은 뜻.

흥망이 유수하니 만월대도 추초로다
오백년 왕업이 목적에 부쳐시니
석양에 지나는 객이 눈물겨워 하노라

〈珍靑363〉

낱말풀이

흥망이 유수(有數)하니—흥하고 망하는 일이 운수에 달려
있으니. 만월대—개성에 있는 고려조의 궁터. 추초(秋草)—가
을 풀, 시든 풀. 목적(牧笛)—목동이 부는 피리 소리.

원 호 元 昊

작자소개

자는 子虛. 호는 霧巷·觀瀾. 본관은 原州. 식년시에 급제, 문종 때 집현전 직제학에 이름. 세조가 왕위에 오르자 벼슬을 버리고, 단종을 따라 영월에서 살다가 단종이 죽으니 삼년상을 입었고, 고향에 숨어 삶. 생육신 중 한 사람. 시조 2수 전함.

간밤에 우던 여흘 슬피 울어 지내여다
이제야 생각하니 님이 울어 보내도다
저 물이 거스리 흐로고져 나도 울어 녜리라

〈珍靑296〉

낱말풀이

여흘―여울 물. 지내여다―지냈도다. 흐로고져―흘렀으면. 녜리라―가졌도다.

유세신 庾世信

작자소개

호는 默駃堂. 영조 때의 歌人. 시조 6수 전함.

님의게서 오신 편지 다시금 숙독하니
무정타 하려니와 남북이 머러세라
죽은 후 연리지되어 이 인연을 이오리다

〈瓶窩500〉

낱말풀이

머러세라—멀었도다. 연리지(連理枝)—두 나무가 서로 맞닿아
서 결이 한데 통한 것. 화목한 부부나 남녀 사이를 비유하는 뜻.

여외고 병든 말을 뉘라서 도라볼고
때때로 길게 울어 멀이 이 마음 두거니와
찰하로 방초장제에 오락가락하리라

〈樂府238〉

낱말풀이

여외고—몸이 수척하여지고. 찰하로—차라리. 방초장제(芳
草長堤)—방초가 우거진 긴 둑.

유 숭 兪 崇

작자소개

현종 7~영조 10(1666~1734). 자는 元之. 본관은 昌原. 공
조참판에 이름. 시조 2수 전함.

간밤 오던 비에 압내에 물 지거다
등 검고 살진 고기 버들 넉세 올라괴야
아희야 그물 내여라 고기잡이 가쟈슬아

〈注海260〉

낱말풀이

지거다—많아졌다. 넉세—넋에. 올라괴야—올랐구나. 가쟈

슬아―가자꾸나.

청계변 백사상에 혼자 섰는 저 백로야
나의 먹은 뜻을 넨들 아니 알아실야
풍진을 슬희여 함이야 네오 내오 다르랴

〈注海259〉

낱말풀이

넨들―넌들. 풍진(風塵)―번거로운 속세. 슬희여 함이야―
싫어함이야. 네오 내오―너하고 나하고, 네나 내나.

유심영　柳心永

작자소개

신원 미상. 시조 4수 전함.

매화 한 가지에 새달이 돋아오니
달다려 무른 말이 매화 흥미 네 아느냐
차라로 내 네 몸 되면 가지가지

〈東遊錄〉

낱말풀이

차라로―차라리.

유응부 兪應孚

작자소개

?~세조 2(?~1456). 자는 信之, 또는 善長. 호는 碧梁. 본
관은 杞溪. 세종·문종의 사랑을 받던 무신. 벼슬은 동지중추원
사에 이름. 단종의 복위를 꾀하다가 세조에게 죽음을 당했음. 사
육신 중의 한 사람. 시조 3수 전함.

간밤에 부던 바람 눈서리 치단말가
낙락장송이 다 기울어 가노매라
하믈며 못 다 핀 꽃이야 일러 므슴하리오

〈珍青359〉

낱말풀이

눈서리—눈과 서리. 여기서는 세조의 포악을 비유한 것임. 치
단말가—친단 말인가. 낙락장송—큰 소나무. 여기서는 사육신을
비유한 말. 가노매라—가는구나. 일러—말하여. 므슴—무엇.

참 고

충신 유응부가 세조의 포악함을 은유한 시조라 함.

엊그제 부던 바람 강호(江湖)에도 부돗단가
만강항자들이 어이구러 지내연고
산림에 드런지 오래니 소식 몰라 하노라

〈珍青412〉

낱말풀이

부돗단가—불었던가. 만강항자(滿江舡子)—강에 가득한 뱃

사공. 어이구러—어떻게 해서. 드런지—들어온지.

유자신　柳自新

작자소개

중종 28~광해군 4(1533~1612). 본관은 文化. 광해군의 장
인. 시조 2수 전함.

추산이 석양을 띠고 강심에 잠겼는데
일간죽 둘러메고 소정에 앉았으니
천공이 한가히 여겨 달을 좇아 보내도다

〈珍靑105〉

낱말풀이

　강심(江心)—강물 속. 일간죽(一竿竹)—한 개의 낚싯대. 소
정(小艇)—조그마한 배. 천공(天公)—하느님. 달을 좇아—달
까지.

유천군　儒川君

작자소개

이름은 灘. 선조의 증손. 서화에 뛰어남. 시조 2수 전함.

어제도 난취(爛醉)하고 오늘도 또 술이로다
긋제 깨였든지 긋그제는 나 몰래라

내일은 서호에 벗 옴안이 깔똥말똥 하여라

〈注海257〉

낱말풀이

난취―몹시 취함. 긋제―그제. 몰래라―모르겠도다. 옴안이
―온다고 했으니. 깔똥말똥―깰지 말지.

추산이 추풍을 띄고 추강에 잠겨 있다
추천에 추월이 두려시 돋았는데
추상에 일쌍 추안은 향남비를 하더라

〈瓶窩561〉

낱말풀이

두려시―둥글게, 뚜렷하게. 추상(秋霜)―차가운 가을 서리.
일쌍 추안(一雙秋雁)―가을 하늘에 나는 한 쌍의 기러기. 향
남비(向南飛)―남쪽을 향하고 날아감.

유혁연 柳赫然

작자소개

광해군 8~숙종 6(1616~1680). 자는 晦爾. 호는 野堂. 본
관은 晋州. 무과에 급제, 덕산·선천 수령을 거쳐 황해도 병마사
·삼도통제사·어영대장·포도대장을 지냄. 경신대출척 때 제주
도에서 사사됨. 시조 1수 전함.

달는 말 서서 늙고 드는 칼 보미거다
무정 세월은 백발을 재촉하니

성주의 누세홍은을 못 가플가 하노라

〈珍靑204〉

낱말풀이

보미거다—녹이 끼었다. 성주—거룩하신 임금님. 누세홍은
(累世鴻恩)—대대로 받은 임금님의 큰 은혜.

유희춘 柳希春

작자소개

중종 8~선조 10(1513~1577). 자는 仁仲. 호는 眉巖. 양재
역 벽서사건에 연좌되어 제주에 유배. 풀려나와 부제학이 됨. 성
리학에 조예가 깊었음. 저서로는 眉巖集·眉巖日記가 있음. 시조
1수 전함.

미나리 한 펄기를 캐어서 싯우이다

년대 아니아 우리님께 바자오이다

맛이아 긴지 아니커니와 다시 십어 보소서

〈歷代時調選〉

낱말풀이

펄기—포기. 싯우이다—씻습니다. 년대—다른 데. 바자오이
다—바치옵니다. 긴지—긴하지, 요긴하지. 아니커니와—아니
하거니와

참 고

이 노래는 작자가 완산(完山:全州)에서 지은 헌근가(獻芹
歌)임.

윤두서 尹斗緖

작자소개

현종 9~?(1668~?). 자는 李彦. 호는 恭齋·鐘厓. 본관은
海南. 윤선도의 증손으로 진사에 급제. 서화에 뛰어남. 그의 老
僧圖가 국립박물관에 보관되어 있음. 시조 1수 전함.

옥에 흙이 묻어 길가에 바렸으니

오는 이 가는 이 흙이라 하는고야

두어라 알이 있을껀니 흙인 듯이 있거라

〈注海258〉

낱말풀이

바렸으니―버려 있으니. 하는고야―하는구나. 있을껀니―있
을 것이니.

윤선도 尹善道

작자소개

선조 20~현종 12(1587~1671). 자는 約而. 호는 孤山. 본
관은 海南. 진사 별시에 급제, 광해군 때 권신 이이첨을 규탄하
는 상소를 올려 경원에 유배되었다가 13년 만에 풀림. 홍림·인
평 양 대군의 사부가 됨. 병자호란 때 임금을 호종치 않은 일로
영덕에 유배, 곧 풀려나와 고향인 금쇄동에서 山中新曲을 지음.
효종이 죽자, 조대비 복제문제로 논쟁하다가 서인에게 몰려 삼수
에 유배, 다시 광양으로 유배, 이후 산수와 벗하여 시작에 전념

함. 그는 남인의 거장임. 정철의 가사와 더불어 조선 시문학의
쌍벽을 이룸. 시호는 忠憲. 저서로는 孤山遺稿가 있음. 시조 77
수 전함.

간밤에 눈 갠 후에 경물이 달랃고야
앞에는 만경유리 뒤에는 천첩옥산
선계ㄴ가 불계ㄴ가 인간이 아니로다

〈孤山遺稿〉

낱말풀이

경물(景物)—경치. 달란고야—다르고나. 만경유리(萬頃琉
璃)—물이 일어 유리같이 반반한 바다. 천첩옥산(千疊玉山)—
겹겹이 솟아 옥같이 아름다운 산. 선계(仙界)ㄴ가—신선이 사
는 곳인가. 불계(佛界)ㄴ가—부처님이 사는 곳인가. 인간—인
간이 사는 속세.

참 고

漁父四時詞 중 冬詞 4.

보리밥 풋나물을 알마초 먹은 후에
바회 끝 물가에 슬카지 노니노라
그나믄 녀나믄 일이야 부럴 줄이 이시랴

〈孤山遺稿〉

낱말풀이

풋나물—봄철에 캐온 햇순이나 풀잎 등으로 만든 나물. 알
마초—알맞게. 슬카지—실컷. 노니노라—놀고 있다. 그나믄—
그 밖의. 녀나믄—나머지, 다른 것은. 부럴—부러울. 이시랴—
있으리.

참 고

山中新曲 중 만흥 2.

잔 들고 혼자 앉아 먼 뫼흘 바라보니

그리든 님이 오다 반가옴이 이러하랴

말삼도 우움도 아녀도 못내 좋아하노라

〈孤山遺稿〉

낱말풀이

뫼흘—산을. 오다—온다고. 말삼—말씀. 우움—웃음. 아녀
도—않아도.

참 고

산중신곡 중 만흥 3.

누고셔 삼공도곤 낫다 하더니 만승이 이만하랴

이제로 혜어든 소부허유 약돗더라

아마도 임천한흥을 비길 곳이 없세라

〈孤山遺稿〉

낱말풀이

누고셔—누가. 삼공—세 정승. 도곤—보다. 만승—임금님.
이제로—이제 와서. 혜어든—생각해 보니. 소부—중국 요임금
이 천하를 맡기겠다고 해도 그걸 거절한 사람. 허유—요임금
이 왕위를 주겠다는 것을 거절할 뿐만 아니라, 이런 말을 들은
귀가 더럽다고 영천 물에 귀를 씻었다는 전설상의 인물. 약돗
더라—약더라. 임천한흥—자연을 즐기는 한가로움.

참 고

산중신곡 중 만흥 4.

월출산이 높더니마는 미운 것이 안개로다
천왕 제일봉을 일시에 가리와다
두어라 해 퍼진 휘면 안개 아니 거드랴

〈孤山遺稿〉

낱말풀이

월출산(月出山)—전라남도 영암에 있는 산 이름. 높더니마
는—높더니만. 천왕 제일봉—월출산의 제일봉. 가리와다—가
리었다.

참 고

산중신곡 朝霧謠.

비오는데 들헤 가랴 사립 닫고 소 먹여라
마히 매양이랴 장기 연장 다스려라
쉬다가 개는 날 보아 사래 긴 밭 갈리라

〈孤山遺稿〉

낱말풀이

들헤—들판에. 마히—장마가. 매량이랴—늘이겠느냐. 사래
긴—이랑이 긴.

참 고

산중신곡 중 夏雨謠.

석양 넘은 후에 산기(山氣) 좋다마는

황혼이 갓가오니 물색(物色)이 어둡는다
아희야 뱀 무서운데 나다니지 마라라

〈孤山遺稿〉

낱말풀이

산기—산 속에 생기는 독특한 기운. 갓가오니—가까우니.
물색—풍경. 어둡는다—어두워진다.

참 고

산중신곡 중의 日暮謠.

환자(還子) 타 산다 하고 그를사 그르다 하니
이제(夷齊)의 높은 줄을 이렁구러 알관지라
어즈버 사람이야 외랴 해운의 탓이로다

〈孤山遺稿〉

낱말풀이

환자—나라에서 봄에 백성에게 꾸어 주었다가 가을에 갚게
하는 양곡. 타 산다—타 먹고 산다. 그를사 그르다—그르고 그
르다. 이제—백이(伯夷)와 숙제(叔齊). 이렁구러—이러구러.
알관지라—알았도다. 외랴—그르랴. 해운—그 해의 운수.

참 고

산중신곡 중의 饑歲歎.

내 벗이 몇이나 하니 수석과 송죽이라
동산에 달 오르니 긔 더욱 반갑고야
두어라 이 다섯 밧긔 또 더하야 머엇하리

〈孤山遺稿〉

낱말풀이

　수석(水石)—물과 돌. 송죽(松竹)—소나무와 대나무. 반갑
고야—반갑구나. 밧긔—밖에. 머엇하리—무엇하겠느냐.

참 고

　산중신곡 중의 五友歌 1.

구름빛이 좋다 하나 검기를 자로 한다
바람소리 맑다 하나 그칠 적이 하노매라
좋고도 그칠 뉘 없기는 물뿐인가 하노라

〈孤山遺稿〉

낱말풀이

　자로—자주. 하노매라—많도다. 뉘—때가.

참 고

　오우가 2.

곳은 무스 일로 퓌며서 쉬어 지고
풀은 어이하야 푸르는 듯 누르나니
아마도 변치 아닐손 바회뿐인가 하노라

〈孤山遺稿〉

낱말풀이

　곳—꽃. 무스—무슨. 퓌며서—피면서. 아닐손—아닌 것은.

참 고

　오우가 3.

더우면 곳 뛰고 치우면 잎 지거늘
솔하 너는 어이 눈 서리를 모르는다
구천(九泉)의 불휘 곧은 줄을 글로 하야 아노라

〈孤山遺稿〉

낱말풀이

　치우면—추우면. 솔하—솔아, 소나무야. 모르는다—모르느냐. 구천—저승, 죽으면 혼이 돌아간다는 깊은 땅속. 불휘—뿌리가. 글로—그것으로.

참 고

　오우가 4.

나모도 아닌 것이 풀도 아닌 것이
곧기는 뉘 시기며 속은 어이 뷔엿는다
저렇고 사시에 푸르니 그를 좋아하노라

〈孤山遺稿〉

낱말풀이

　뉘 시기며—누가 시키며. 뷔엿는다—비었느냐. 저렇고—저렇게.

참 고

　오우가 5.

작은 것이 높이 떠서 만물을 다 비최니
밤중의 광경이 너만 한이 또 잇느냐
보고도 말 아니 하니 내 벗인가 하노라

〈孤山遺稿〉

낱말풀이

비최니―비추니. 너만 한이―너만한 것이.

참 고

오우가 6.

슬프나 즐거오나 옳다 하나 외다 하나
내 몸의 해올 일만 닷고 닷글 뿐이언정
그 밧긔 여남은 일이야 분별할 줄 이시랴

〈孤山遺稿〉

낱말풀이

외다―그르다. 해올―할. 뿐이언정―뿐일진대. 여남은―나
머지의. 분별할 줄―시비를 가릴 것이.

참 고

견회요(遣懷謠)―작가가 경원에 유배되었을 때 지은 것.

뫼흔 길고 길고 물은 멀고 멀고
어버이 그린 뜻은 많고 많고 하고 하고
어디서 외기러기는 울고 울고 가느니

〈孤山遺稿〉

낱말풀이

뫼흔―산은. 하고―많고.

참 고

견회요 4.

굳은비 개단 말가 흐르던 구름 걷던 말가
앞 내희 깊은 소히 다 맑앗다 하나슨다
진실로 맑기곳 맑아시면 갓끈 씻어 오리다

〈孤山遺稿〉

낱말풀이

　개단 말가―개었단 말인가. 걷단 말가―걷혔단 말인가. 내
희―냇물의. 소히―소(沼)가. 하나슨다―하는 것인가. 맑기곳
―맑기만.

참 고

　雨後謠.

건곤이 제곰인가 이것이 어드메오
배 매어라 배 매어라
서풍진 못 미츠니 부체하야 머엇하리
지국총 지국총 어사와
들은 말이 업서시니 귀 시서 머엇하리

〈孤山遺稿〉

낱말풀이

　제곰인가―제여곰인가, 제각기인가. 서풍진(西風塵)―서풍
에 날려온 먼지. 중국 진나라 때의 고사에서 온 말. 부체하야
―부채질하여. 머엇하리―무엇하리. 지국총 지국총 어사와―
배질할 때 흥을 돋우기 위해 부르는 군소리. 업서시니―없었
으니. 귀 시서―귀를 씻어. 옛날 허유(許由)가 요임금으로부터
왕위를 맡아 달라는 말을 듣고 더러운 말을 들었다 하여 귀를
씻었다는 고사가 있음.

참 고

魚夫四時詞 중 秋詞 8.

고은 볕이 쬐얀는데 물결이 기름 같다
이러한 그물을 주여 두랴 낙시를 놓을 일가
지국총 지국총 어사와
탁영가(濯纓歌)의 흥이 나니 고기도 잊을로다

〈孤山遺稿〉

낱말풀이

쬐얀는데—쪼이는데. 놓을 일가—놓을 것인가. 탁영—갓끈
을 씻는다는 말로, 세속을 초월한다는 뜻. 굴원(屈原)의 어부
사(漁父詞)에서 나온 말. 잊을로다—잊겠도다.

참 고

어부사시사 중 春詞 5.

구름이 걷은 후에 햇빛이 두텁거다
배 떠라 배 떠라
천지폐새(天地閉塞)호되 바다흔 의구(依舊)하다
지국총 지국총 어사와
가없는 물결이 깁편 듯하여 잇다

〈孤山遺稿〉

낱말풀이

두텁거다—두터웠다. 천지폐새—천지가 얼어붙어 생기가 없
음. 의구하다—예와 같다. 깁—비단.

참 고
어부사시사 중 冬詞 1.

굳은비 멎어가고 시냇물이 맑아온다
배 떠라 배 떠라
낫대를 두러메니 깊은 홍을 금禁 못 할롸
지국총 지국총 어사와
연강첩장(烟江疊嶂)은 뉘라서 그려낸고

〈孤山遺稿〉

낱말풀이

낫대―낚싯대. 두러메니―둘러메니. 금 못 할롸―금하지 못
할 것이로다. 연강첩장―안개 낀 강과 첩첩이 쌓인 눈. 뉘라서
―누가. 그려낸고―그려냈는가.

참 고

어부사시사 중 夏詞 1.

그물 낙시 잊어 두고 뱃전을 두드린다
이어라 이어라
압개를 건너고자 몇 번이나 헤어 본고
지국총 지국총 어사와
무단(無端)한 된바람이 행혀 아니 부러올가

〈孤山遺稿〉

낱말풀이

헤어 본고―헤아려 본 것인고. 무단한―공연한. 된바람―센
바람.

참 고

어부사시사 중 동사 5.

기러기 떳는 밖에 못 보던 뫼 뵈는고야
이어라 이어라
낙시질도 하려니와 취한 것이 이 흥이라
지국총 지국총 어사와
석양이 바애니 천산이 금수(錦繡)로다

〈孤山遺稿〉

낱말풀이

떳는—떠 있는. 뫼—산. 뵈는고야—보이는구나. 바애니—눈
부시니. 천산—많은 산들. 금수—비단과 수놓은 직물.

참 고

어부사시사 중 춘사 4.

긴 날이 저무는 줄 흥에 미쳐 모르도다
돗 지어라 돗 지어라
뱃대를 두드리고 수조가(水調歌)를 불러 보자
지국총 지국총 어사와
애내성중(欸乃聲中)에 만고심萬古心을 그 뉘 알고

〈孤山遺稿〉

낱말풀이

뱃대—배의 돛대. 수조가—수양제가 강도(江都)로 갈 때 스
스로 지어 불렀다는 악부 상조곡(商調曲)의 이름. 애내성—배를
저으면서 부르는 노랫소리. 만고심—만고의 수심. 뉘—누가.

참 고

어부사시사 중 하사 6.

낙시줄 걸어 놓고 봉창(蓬窓)에 달을 보자
닷 지어라 닷 지어라
하마 밤 들거냐 자규(子規) 소리 맑게 난다
지국총 지국총 어사와
남은 흥이 무궁(無窮)하니 갈 길을 잊어땃다

〈孤山遺稿〉

낱말풀이

봉창—배 지붕에 뚫어 놓은 창. 하마—벌써, 이미. 들거냐
—들었느냐. 자규—두견새. 잊어땃다—잊었구나.

참 고

어부사시사 중 춘사 9.

내일이 또 업스랴 봄 밤이 몃 덧새리
배 부쳐라 배 부쳐라
낫대로 막대삼고 시비(柴扉)를 찾아보자
지국총 지국총 어사와
어부생애(漁父生涯)는 이렁구리 지낼로다

〈孤山遺稿〉

낱말풀이

몃 덧새리—얼마 동안에, 얼마 후에. 막대—막대기. 시비—
사립문. 이렁구리—이렇게 저렇게.

참 고

어부사시사 중 춘사 10.

단애취벽(丹崖翠壁)이 화병같이 둘렷는데
배 세어라 배 세어라
거구세린(巨口細鱗)을 낫그나 못 낫그나
지국총 지국총 어사와
고주사립(孤舟蓑笠)에 흥겨워 앉앗노라

〈孤山遺稿〉

낱말풀이

　단애―붉은 빛의 낭떠러지. 취벽―이끼 낀 푸른 바위 벽.
화병―그림 그린 병풍. 거구세린―입이 크고 비늘이 잔 물고
기. 고주사립―외로운 배에 도롱이와 삿갓만으로.

참 고

어부사시사 중 동사 7.

동풍이 건듯 부니 물결이 고이 인다
돗 다라라 돗 다라라
동호(東湖)를 도라보며 서호(西湖)로 가쟈스라
지국총 지국총 어사와
앞 뫼히 지나가고 뒷 뫼히 나아온다

〈孤山遺稿〉

낱말풀이

　건듯―잠깐. 가쟈스라―가자꾸나. 뫼히―산이.

참 고

어부사시사 춘사 3.

몰래 우희 그물 널고 둠 밑에 누어 쉬자
배 매어라 배 매어라
모기를 밉다 하랴 창승(蒼蠅)과 엇더하니
지국총 지국총 어사와
다만 한 근심은 상대부(桑大夫) 드르려다

〈孤山遺稿〉

낱말풀이

몰래 우희—모래 위에. 둠—뜸, 배의 지붕. 창승—쉬파리,
잘고 귀찮은 사람을 이름. 상대부—전한(前漢)의 재정가 상홍
양(桑弘羊)을 이름. 드르려다—들을까 두렵다.

참 고

어부사시사 중 하사 8.

물결이 흐리거든 발을 싯다 어떠하리
이어라 이어라
오강(吳江)에 가자 하니 천년노도(千年怒濤) 슬플로다
지국총 지국총 어사와
초강(楚江)에 가자 하니 어복충혼(魚腹忠魂) 낫글세라

〈孤山遺稿〉

낱말풀이

발을 싯다—발을 씻는다고 해서. 오강—오나라 강. 슬플로
다—슬픈 일이로다. 노도—성난 파도. 억울하게 죽은 오나라

사람 자서(自胥)의 시체를 강에 버리니 노도가 일고 후에 오
나라는 망하였다는 고사가 있음. 초강―초나라 강. 어복충혼―
물에 빠져 죽은 충성스런 혼. 초나라 사람 굴원이 간신의 모함
으로 멱라수(汨羅水)에 빠져 죽었다는 고사가 있음. 낫글세라
―낚을까 두렵다.

참 고

어부사시사 중 하사 4.

방초를 바라보며 난지(蘭芝)도 뜯어 보자
배 세여라 배 세여라
일엽편주에 실은 것이 무스 것고
지국총 지국총 어사와
갈 제는 내뿐이오 올 제는 달이르다

〈孤山遺稿〉

낱말풀이

난지―난초와 지초(芝草). 일엽편주―조그만 조각배. 무스
것고―무엇인가.

참 고

어부사시사 중 춘사 7.

백운(白雲)이 이러나고 나무 끝이 흐느긴다
돛 다라라 돛 다라라
밀물에 서호요 혈물에 동호가자
지국총 지국총 어사와
백빈홍요(白蘋紅蓼)는 곳마다 경(景)이로다

〈孤山遺稿〉

낱말풀이

흐느긴다―흐느적거린다. 혈물―썰물. 백빈홍요―흰꽃이 피
는 마름과 붉은 꽃이 피는 여뀌. 경이로다―좋은 경치로다.

석양이 빗겨시니 그만하야 도라가자
돗 지어라 돗 지어라
안유정화(岸柳汀花)는 고비고비 새롭고야
지국총 지국총 어사와
삼공(三公)을 부럴소냐 만사를 생각하랴

〈孤山遺稿〉

낱말풀이

빗겨시니―비꼈으니, 기울었으니. 안유정화―강 언덕의 버
들과 물가의 꽃. 새롭고야―새롭구나. 삼공―세정승. 부럴소냐
―부러울소냐.

참 고

어부사시사 중 춘사 6.

석양이 좋다마는 황혼이 갓갑거다
배 세여라 배 세여라
바회 우희에 굽은 길 솔 아래 빗겨 잇다
지국총 지국총 어사와
벽수앵성(碧樹鶯聲)이 곧곧이 들리나다

〈孤山遺稿〉

낱말풀이

갓갑거다—가까웠다. 바회 우희에—바위 위에. 빗겨—비껴.
벽수앵성—푸른 나무숲에서 나는 피꼬리 소리. 곧곧이—곳곳
에. 들리나다—들리는구나.

참 고

어부사시사 중 하사 7.

수국(水國)에 가을이 드니 고기마다 살겨 잇다
닷 드러라 닷 드러라
만경징파(萬頃澄波)에 슬캐지 용여(容與)하자
지국총 지국총 어사와
인간을 도라보니 머도록 더욱 좋다

〈孤山遺稿〉

낱말풀이

수국—강이나 바다를 낀 마을. 만경징파—한없이 넓고 맑은
물. 슬캐지—실컷. 용여—태도나 마음이 여유 있는 모양. 인간
—사람이 사는 세상.

참 고

어부사시사 중 추사 2.

앞 개에 안개 걷고 뒤 뫼헤 해 비췬다
배 떠라 배 떠라
밤물은 거의 지고 낮물은 밀어온다
지국총 지국총 어사와

강촌에 온갖 곳이 먼 빛이 더욱 좋다

〈孤山遺稿〉

낱말풀이

개—강이나 호수의 조수가 드나드는 곳〔浦〕. 뫼헤—산에.
지고—나가고. 온갖 곳이—모든 꽃이.

참 고

어부사시사 중 춘사 1.

연닢헤 밥 싸두고 반찬으란 장만 마라
닷 드러라 닷 드러라
청약립(靑蒻笠)은 써 잇노라 녹사의(綠蓑衣) 가져오냐
지국총 지국총 어사와
무심한 백구는 내 좃는가 제 좃는가

〈孤山遺稿〉

낱말풀이

닢헤—잎에. 청약립—푸른 대껍질로 만든 삿갓. 녹사의—도
롱이. 내 좃는가—내가 쫓는가. 제—제가.

참 고

어부사시사 중 하사 2.

와실(蝸室)을 바라보니 백운(白雲)이 둘러 잇다
배 부쳐라 배 부쳐라
부들 부채 가로쥐고 석경(石逕)으로 올라가자
지국총 지국총 어사와

어옹(漁翁)이 한가터냐 이것이 구실이라

〈孤山遺稿〉

낱말풀이

와실—달팽이 집만큼 좁은 방, 자기 방을 낮추어 이르는
말. 부들 부채—부들로 만든 부채. 석경—돌길. 어옹—고기를
잡는 노인, 어부의 존칭.

참 고

어부사시사 중 하사 10.

우는 것이 버꾸기가 푸른 것이 버들숲가
이어라 이어라
어촌 두어 집이 냇속에 나락드락
지국총 지국총 어사와
말가한 깊은 소헤 온갓 고기 뛰노나다

〈孤山遺稿〉

낱말풀이

버꾸기가—뻐꾸기인가. 버들숲가—버들숲인가. 냇속—연기
속. 나락드락—나왔다 들어갔다 하는 모양. 배가 파도에 오르
내리면서 육지의 풍경이 물에 가려 보였다 안 보였다 하는 모
양. 말가한—맑은. 소헤—소(沼)에.

참 고

어부사시사 중 춘사 4.

은진옥척(銀唇玉尺)이 몇이나 걸렸나니
이어라 이어라

노화(蘆花)에 불 부러 갈해야 구어 노코
지국총 지국총 어사와
질병을 거후리어 박구기에 부어 다고
〈孤山遺稿〉

낱말풀이

은순옥척—희고 큰 물고기. 노화—갈꽃. 갈해야—가리어,
골라. 질병—질그릇 병. 거후리어—기울이어. 박구기—구기로
쓸 수 있는 바가지.

참 고

어부사시사 중 추사 5.

자러 가는 가마괴 몃나치 지나거니
돗 지어라 돗 지어라
앞길히 어두우니 모설(暮雪)이 자자졋다
지국총 지국총 어사와
아압지(鵝鴨池)를 뉘 처서 초목참(草木慚)을 싯돗던고
〈孤山遺稿〉

낱말풀이

가마괴—까마귀. 모설—날이 저물어서 오는 눈. 자자졋다—
자욱하여졌다. 아압지—중국 당나라 때 눈오는 밤에 연못의
오리떼를 놀라게 하여 채성(蔡城)을 쳤다는 고사가 있음. 뉘
—누가. 초목참—풀과 나무까지도 부끄러워함. 여기서는 병자
호란의 국치를 말한 듯함. 싯돗던고—씻었던가.

참 고

어부사시사 중 동사 6.

주대 다스리고 뱃밥을 박앗느냐
닷 드러라 닷 드러라
소상동정(瀟湘洞庭)은 그 물이 언다 한다
지국총 지국총 어사와
이때에 어조(漁釣)하기 이만한 데 없도다

〈孤山遺稿〉

낱말풀이

　주대—줄과 대, 낚싯줄과 낚싯대. 뱃밥—배 널 틈으로 물이
새지 않게 대껍질 따위로 막는 것. 소상동정—중국의 동정호
남쪽에 있는 소수와 상강 근처는 경치가 매우 아름다워서 예
로부터 이름이 널리 알려져 있음. 어조하기—낚시질하기.

참 고

　어부사시사 중 동사 2.

즐기기도 하려니와 근심을 잊을 것가
올기도 하려니와 길기 아니 어려오냐
어려운 근심을 알면 만수무강하리라

〈孤山遺稿〉

낱말풀이

　잊을 것가—잊을 것인가. 길기 아니 어려오냐—노는 것이
너무 많으면 어렵지 않느냐.

참 고

　파연곡(罷宴曲) 1.

창주오도(滄洲吾道)를 예부터 일럿더라

닷 지어라 닷 지어라
칠리(七里) 여흘 양피(羊皮) 옷은 긔 엇더 하니런고
지국총 지국총 어사와
삼천육백 낙시질은 손 곱은 제 엇더턴고

〈孤山遺稿〉

낱말풀이

　창주―창랑주(滄浪洲)의 준말. 신선이 사는 곳. 오도―나의
길. 칠리 여흘 양피옷―후한 광무제 때의 은사(隱士) 엄자릉
(嚴子陵)이 칠리탄(七里灘)에서 양가죽 옷을 입고 낚시질을
하였다는 고사가 있음. 긔 엇더 하니런고―그 어떤 사람인고.
삼천육백 낙시질―여상(呂尙)이 위수(渭水) 가에서 낚시질을
10년 동안 하여 주나라 문왕이 그를 만나 스승으로 삼았다
함. 손 곱은 제―손꼽아 날을 셀 때.

참 고

　어부사시사 중 동사 9.

취하야 누었다가 여흘 아래 나리려다
배 매어라 배 매어라
낙홍(落紅)이 흘러오니 도원(桃源)이 가깝도다
지국총 지국총 어사와
인세홍진(人世紅塵)이 언마나 가렷나니

〈孤山遺稿〉

낱말풀이

　여흘―여울. 나리려다―내려가려다. 낙홍―떨어진 꽃잎. 도
원―무릉도원, 이 세상과 따로 떨어진 아름다운 별천지. 인세

홍진—인간 세상의 먼지, 속세. 언마나—얼마나.

참 고

어부사시사 중 춘사 8.

흰 이슬 빗겻는데 밝은 달이 돋아온다

배 세어라 배 세어라

봉황루(鳳凰樓) 묘연(渺然)하니 청광(淸光)을 누를
줄고

지국총 지국총 어사와

옥토(玉兎)의 찟는 약을 호객을 먹이고자

〈孤山遺稿〉

낱말풀이

묘연하니—멀고 아득하니. 청광—맑은 달빛. 옥토의 **찟는**
약—옥토는 달의 별칭. 이 백의 시에 달 속에 토끼가 있어 약
을 찧는다고 하였음. 호객—호탕한 사람. 먹이고자—먹이고 싶
도다.

참 고

어부사시사 중 추사 7.

윤 유 尹 遊

작자소개

현종 15~?(1674~?). 자는 伯叔. 호는 晚霞. 생원·정시에
급제, 이조·형조·호조의 판서에 이름. 글씨를 잘 썼음. 시조 2

수 전함.

청류벽에 배를 매고 백은탄 금을 걸어
자남은 고기를 눈살같이 회쳐 놓고
아희야 잔 자로 부어라 무진토록 먹으리라

〈注海307〉

낱말풀이

　백은탄—평양 능라도(綾羅島) 근처에 있는 여울. 금을—그
물. 자남은—한 자가 넘는. 눈살같이—흰 살처럼. 자로—자주.

이 개 李 塏

작자소개

　태종 17~세조 2(1417~1456). 자는 淸甫 또는 伯高. 호는
白玉軒. 본관은 韓山. 牧隱 李穡의 증손. 문과 중시에 급제. 직제
학에 이름. 훈민정음 창제에 참여함. 사육신 중의 한 사람. 시호
는 義烈. 시조 3수 전함.

방 안에 혓는 촉불 눌과 이별하엿관대
겄츠로 눈물지고 속타는 줄 모로는고
저 촉불 날과 같으여 속타는 줄 모로도다

〈李靑240〉

낱말풀이

　촉불—촛불. 혓는—켜 있는. 하엿관대—하였기에. 같으여—
같아서.

창 밖에 셧난 촉불 눌과 이별하엿관대
눈물 흘리며 속타는 줄 모르는고
우리도 저 촉불 같으여 속타는 줄 몰래라

〈珍青444〉

낱말풀이

셧난—서 있는. 몰래라—모르겠다.

이규보 李奎報

작자소개

고려 의종 22~고종 28(1168~1241). 자는 春卿. 호는 白
雲居士・止軒. 본관은 黃驪. 사마시에 장원 급제, 전주목사록 겸
장서기, 병마녹사 겸 수제를 거쳐 한림학사・정당문학 등 역임.
수태보 문하시랑 평장사로 차사함. 저서로는 東國李相國集・白雲
小說이 있음. 시조 1수 전함.

일란코 풍화한대 조성이 개개로다
만정락화에 한가히 누었으니
아마도 산가 금일이 태평인가 하노라

〈大東72〉

낱말풀이

일란코 풍화—일기가 따뜻하고 바람이 고름. 개개—새들의
지저귀는 소리.

이덕일 李德一

작자소개

명종 16~광해군 14(1561~1622). 자는 敬而. 호는 漆室.
본관은 咸平. 증광시에 급제. 임진왜란 때 의병을 모아 싸웠음.
광해군의 난세를 한탄하고 고향에 은거하였음. 저서로는 漆室遺
稿가 있음. 시조 3수 전함.

마리소서 마리소서 이 싸홈 마리소서
지공무사히 마리소서 마리소서
진실로 마리옷 마리시면 탕탕평평하리이다

〈漆室遺稿〉

낱말풀이

마리소서—말리소서. 싸홈—싸움 지공무사(至公無事)—지
극히 공평하고 사사로움이 없음. 마리옷—말리기만. 탕탕평평
(蕩蕩平平)—어느 쪽에도 치우치지 않음.

싸움에 시비만 하고 공도시비 아니는다
어이한 시사(時事) 이같이 되었는고
수화도곤 깊고 더운 환이 날로 길어 가노매라

〈漆室遺稿〉

낱말풀이

공도시비(公道是非)—공평하고 바른 도리에 대한 옳고 그름
을 따지는 일. 아니는다—하니, 하느냐. 수화(水火)도곤—물과
불보다. 환—환(患).

힘써 하는 싸홈 나라 위한 싸홈인가
옷밥에 묻쳐 있어 할일없어 싸호놋다
아마도 근치지 아니하니 다시 어이하리오

〈漆室遺稿〉

낱말풀이

옷밥—옷과 밥. 싸호놋다—싸우는구나. 근치지—그치지.

이덕함 李德涵

작자소개

신원 미상. 시조 3수 전함.

잇브면 잠을 들고 깨엿심연 글을 보세
글보면 의리있고 잠들면 실음 닛에
백년을 일러틋 하면 영욕이 총부운인가 하노라

〈青邱歌謠47〉

낱말풀이

잇브면—가쁘면. 닛에—잊으리. 영욕(榮辱)이 총부운(總浮雲)—영광과 욕됨이 모두 뜬구름같이 덧없음.

청창에 낮잠 깨어 물태를 둘러보니
화지에 자는 새는 한가도 한져이고
아마도 유거취미를 알리 젠가 하노라

〈青邱歌謠46〉

청창(晴窓)—맑은 창. 물태(物態)—경치. 한져이고—하구
나. 유거취미(幽居趣味)—그윽하고 궁벽한 곳에 사는 취미. 알
리—아는 사람. 젠가—저(새)인가.

이덕형 李德馨

작자소개

명종 16~광해군 5(1561~1613). 자는 明甫. 호는 漢陰·雙
松. 본관은 廣州. 별시에 급제, 대제학·영의정을 지냄. 광해군
때 폐모론에 반대하다가 삭직되어 楊根에 은거하다가 병사함. 어
릴 때 기발한 장난꾸러기로 많은 야담을 남김. 시조 4수 전함.

달이 두렷하여 벽공에 걸렸으니
만고풍상에 떠러짐즉 하다마는
지금의 취객을 위하야 장조금준하노매

〈珍青379〉

낱말풀이

두렷하여—둥글게. 만고풍상—오랜 세월에 바람과 서리 등
을 겪음. 취객—술꾼. 장조금준(長照金樽)하노매—술잔에 길
이 비치다.

큰 잔에 가득 부어 취토록 먹으며셔
만고영웅을 손곱아 헤어 보니
아마도 유령 이백이 내 벗인가 하노라

〈珍靑100〉

낱말풀이

먹으며셔—먹으면서. 유령(劉伶)—중국 진나라 시인으로서 죽림칠현(竹林七賢)의 한 사람. 술을 몹시 즐김. 이백(李白)— 이태백, 당나라 시인으로 술을 즐김.

이명한 李明漢

작자소개

선조 28~인조 23(1595~1645). 자는 天章. 호는 白洲. 본 관은 延安. 증광시에 급제, 공조좌랑·경연시독관·강원감사·도 승지·대제학·이조판서·예조판서에 이름. 시조 8수 전함.

꿈에 다니는 길이 자쵀 곳 나랑이면
님의 집 창 밖에 석로라도 달으련마는
꿈길이 자쵀 없으니 그를 슬허하노라

〈花樂331〉

낱말풀이

석로(石路)—돌자갈 길. 슬허하노라—슬퍼한다.

녹수청산 깊은 골에 청려완보 들어가니
천봉에 백운이요 만학에 연무로다
이곳이 경개 좋으니 예와 놀려 하노라

〈花樂112〉

낱말풀이

　청려완보(靑藜緩步)—명아주나무 지팡이를 짚고 천천히 걸음. 만학(萬壑)—첩첩이 겹친 골짜기.

반(半)나마 늙었으니 다시 젊든 못 하여도
이후나 늙지 말고 매양 이만 하였고쟈
백발 아네나 짐작하여 더듸 늙게 하여라

〈珍靑351〉

낱말풀이

　하였고쟈—하여 있고 싶구나

서산에 일모하니 천지에 가히 없다
이화에 월백하니 님 생각이 새로이라
두견아 너는 눌을 글여 밤새도록 우나니

〈花樂264〉

낱말풀이

　가히—끝이. 새로이라—새롭구나. 눌을—누구를. 글여—그리워하여. 우나니—우느냐.

초강 어부들아 고기 낚아 삼지 마라
굴삼려 충혼이 어복리에 들었나니
아무리 정확에 살믄들 변할 줄이 이시랴

〈珍靑388〉

낱말풀이

　초강(楚江)—중국 초나라의 멱라수(汨羅水). 굴삼려(굴원)

가 빠져 죽었다는 강. 굴삼려(屈三閭)—중국 전국시대 초나라
사람. 간신의 모함으로 강남에 귀양갔다 멱라수에 빠져 죽음.
어복리(魚腹裏)—고기 뱃속. 정확(鼎鑊)—큰 솥. 변할 줄이 이
시랴—변할 리가 있겠느냐.

이방원 李芳遠

작자소개

고려 공민왕 16~세종 세종 4(1367~1422). 이태조의 5남.
아버지 이성계와 함께 이씨 왕국 건설에 큰 공을 세움. 선위를
받아 왕위에 오름. 조선 제3대 태종이 됨. 시조 1수 전함.

이런들 어떠하며 저런들 어떠하료
만수산 드렁츩이 얽어진들 어떠하리
우리도 이같이 얽어져 백년까지 누리리라

〈珍靑216〉

낱말풀이

만수산(萬壽山)—개성 서문 밖에 있는 산 이름. 드렁츩—칡
덩굴.

참 고

태종이 정몽주에게 절개를 바꿀 것을 넌지시 떠본 시조라 함.

이상두 李象斗

작자소개

완산 李씨. 蔭仕하여 벼슬이 목사에 이름. 시조 1수 전함.

주인이 술 부으니 객이란 노래하쇼
한 잔 술 한 곡조ㄷ식 새도록 즐기다가
새거든 새술 새노래로 니여 놀려 하노라

〈花樂226〉

낱말풀이

니여―이어, 계속하여.

이 색 李 穡

작자소개

고려 충숙왕 15~조선 태조 5(1328~1396). 자는 穎叔. 호
는 牧隱. 본관은 韓山. 성균시·원나라 정시에 급제, 벼슬이 대
제학에 이르고 성리학의 대가. 이성계 일파에 의해 여러 번 정배
됨. 牧隱集 55권이 있음. 시조 1수 전함.

백설이 자자진 골에 구름이 머흐레라
반가온 매화는 어늬 곳에 피었는고
석양에 홀로 서서 갈 곳 몰라 하노라

〈珍靑7〉

낱말풀이

자자진―녹아서 땅에 조금 남아 있는. 골―골짜기. 머흐레
라―험하여라. 어늬 곳―어느 곳.

이순신 李舜臣

작자소개

인종 1~선조 31(1545~1598). 자는 *汝諧*. 본관은 德水. 무과 식년시에 급제, 삼도 수군통제사에 이름. 임진왜란 때 거북선을 창안하여 크게 승전함. 정유재란 때 노량에서 순국함. 시호 忠武. 李忠武公全書가 있음. 시조 2수 전함.

한산섬 달 밝은 밤에 수루(戍樓)에 혼자 앉아
큰 칼을 옆에 차고 깊은 시름하는 적에
어듸서 일성 호가(胡笳)는 나의 애를 긋느니
〈珍靑111〉

낱말풀이

한산섬—경상남도 충무시 앞바다의 섬. 수루—적군의 동태를 살피려고 성 위에 만든 누각. 시름하는 적에—근심하고 있는 때에. 일성—한 마디 소리. 호가—날나리. 애를 긋느니—창자를 끊는구나.

이안눌 李安訥

작자소개

선조 4~인조 15(1571~1637). 자는 子敏. 호는 東岳. 본관은 德水. 정시에 급제, 충청감사·형조판서·홍문관 대제학에 이름. 효행으로 표창받고, 廉謹 5인 중의 한 사람. 시조 1수 전함.

천지로 장막삼고 일월로 등촉(燈燭)삼아
북해를 휘여다가 주준(酒樽)에 대어 두고
남극에 노인성 대하여 늙을 뉘를 모르리라

〈注海123〉

낱말풀이

　장막—포장. 등촉—촛불. 주준—술통. 남극에 노인성(老人星)—남쪽 하늘에 있는 별로서 사람의 수명과 인연을 맡아보는 별이라 함. 뉘—때, 세상.

이양원 李陽元

작자소개

　중종 28～선조 25(1533～1592). 자는 伯春. 호는 鷺渚. 본관은 全州. 이퇴계의 문인. 알성시에 급제, 양관 대제학·한산부원군을 지냄. 임진왜란 때 유도대장. 선조가 요동으로 잡혀갔다는 뜬소문을 듣고 8일간 단식하다가 죽음. 시조 1수 전함.

높으나 높은 남게 날 권하여 올려 두고
이보오 벗님네야 흔드지나 마르되야
나려져 죽기는 섧지 아녀도 님 못 볼까 하노라

〈珍青358〉

낱말풀이

　남게—나무에. 마르되야—말았으면 좋겠다. 섧지—슬프지. 아녀도—않아도.

이 완 李 浣

작자소개

선조 35~현종 15(1602~1674). 자는 澄之. 호는 梅竹軒. 본관은 慶州. 무과에 급제, 병자호란 때 공을 세워 어영대장·우 이정이 됨. 시조 2수 전함.

군산을 삭평턴들 동정호 너를랏다
계수를 버히던들 달이 더욱 밝을 것을
뜻 두고 이르지 못하니 늙기 설워 하노라

〈珍靑169〉

낱말풀이

군산(君山)—중국 동정호 안에 있는 산. 삭평(削平)—깎아 평평하게 함. 동정호(洞庭湖)—중국에 있는 큰 호수. 너를랏다 —넓을 것이로다. 버히던들—베었던들.

이원익 李元翼

작자소개

명종 2~인조 12(1547~1634). 자는 公勵. 호는 梧里. 본관 은 全州. 함천부수 億載의 아들. 별시에 급제, 완평부원군에 봉 함 받음. 인목대비 폐모론에 반대하다 홍천에 유배되었다가 인조 반정 때에 풀려나 영의정이 됨. 시호는 文忠. 저서로는 梧里集· 續梧里集·梧里日記가 있음. 시조 1수 전함.

녹양이 천만사ㄴ들 가는 춘풍 매어 두며
탐화봉접인들 지는 꽃을 어이하리
아무리 근원이 중한들 가는 님을 어이리

〈花樂381〉

낱말풀이

　녹양(綠楊)이 천만사(千萬絲)—푸른 버드나무 가지가 천만
개의 실과 같음. 탐화봉접(探花峰蝶)—꽃을 찾는 벌과 나비.
어이리—어찌하리.

이 유 李 渘

작자소개

호는 小岳樓. 숙종 때 현감을 지냄. 시조 3수 전함.

불여귀 불여귀하니 돌아갈 만 못하거든
에엿븐 우리 님금 무슨 일로 못 가신고
지금히 매죽루 달빛이 어제론 듯하여라

〈注海305〉

낱말풀이

　불여귀(不如歸)—두견새. 여기서는 그 우는 소리. 에엿븐—
가련한, 불쌍한. 못 가신고—못 가시는고. 지금히—지금까지.
매죽루(梅竹樓)—강원도 영월에 있는 누. 어제론—어제와 같은.

참 고

　子規三疊 3수 중의 하나.

에엿분 네 님금을 생각하고 졀로 우니
하늘이 시켰거든 네 어이 울럿시리
날없는 상천설월에는 눌로 하여 운이던다

〈注海304〉

낱말풀이

날없은—내가 없는. 상천설월(霜天雪月)—서리가 내린 밤하
늘, 눈 위에 비친 달, 추운 달밤. 눌로 하여—누구로 하여금.
운이던다—울게 할 것이냐.

참 고

자규삼첩 중 하나.

자규야 우지 마라 울어도 쇽졀없다
울거든 너만 우지 날은 어이 울리는다
아마도 네 솔의 들을 쩨면 가슴 알파하노라

〈注海303〉

낱말풀이

자규—두견새. 쇽졀없다—아무리 하여도 단념할 수밖에 없
다. 울리는다—울리느냐. 솔의—소리. 알파—아파.

참 고

자규삼첩 중 하나.

이 이 李 珥

작자소개

중종 31~선조 17(1536~1584). 자는 叔獻. 호는 栗谷·石潭. 본관은 德水. 이조판서를 지냄. 동서 당쟁의 조정에 힘썼고 사창(社倉)·향약을 지었음. 해동공자라는 칭호를 받을 만큼 훌륭한 유학자임. 저서로는 栗谷全書가 있음. 시조 12수 전함.

고산구곡담을 사람이 모르더니
주모복거하니 벗님네 다 오신다
어즈버 무이를 상상하고 학주자를 하리라

〈注海78〉

낱말풀이

고산구곡담(高山九曲潭)―고산은 황해도 해주에 있는 산. 구곡담은 중국의 무이구곡(武夷九曲)을 본떠 붙인 이름. 벼슬에서 물러나 여기서 강학(講學)했음. 주모복거(誅茅卜居)―풀을 베어내고 집을 지어 살 곳을 마련함. 무이(武夷)―중국에 있는 산으로 여기에 구곡계(九曲溪)가 있다 함. 학주자(學朱子)―주자를 공부함.

참 고

高山九曲歌 1.

구곡은 어드메고 문산에 세모커다
기암 괴석이 눈 속에 무쳐세라
유인은 오지 아니하고 볼 것 없다 하드라

〈高山九曲10〉

낱말풀이

문산(文山)―지명. 세모커다―해가 졌다. 기암 괴석―이상하게 생긴 바위와 돌. 무쳐세라―묻혔구나. 유인(遊人)―노는

이. 여러 곳으로 왔다갔다하며 경치를 좋아하는 사람.

참 고

고산구곡가 10.

사곡은 어드메오 송애에 해 넘거다
담심암영은 온갖 빛이 잠겼셰라
임천이 깊도록 좋으니 흥을 계위하노라

〈高山九曲5〉

낱말풀이

송애(松崖)—소나무가 벼랑에 서 있는 곳. 넘거다—넘었다.
담심암영(潭心岩影)—못 가운데 비친 바위 그림자. 잠겼셰라
—잠겼구나. 임천(林泉)—숲과 시내. 깊도록 좋으니—깊고 맑
으니. 계위—겨워.

참 고

고산구곡가 5.

삼곡은 어드메오 취병에 잎퍼졌다
녹수에 산조는 하상기음하는 적에
반송이 수청풍하니 녀름 경이 없셰라

〈高山九曲4〉

낱말풀이

취병(翠屛)—울타리. 하상기음(下上其音) 소리를 낮추었다
높였다 함. 하는 적에—하는 때에. 반송(盤松)—키가 작고 옆
으로 퍼진 소나무. 수청풍(受淸風)하니—맑은 바람을 받으니.
녀름 경(景)—여름 경치. 없셰라—없구나.

참 고

고산구곡가 4.

오곡은 어드메오 은병이 보기 죠희
수변정사는 소쇄(瀟灑)함도 가이 없다
이 중에 강학도 하려니와 영월음풍하오리라

〈高山九曲6〉

낱말풀이

은병(隱屛)―숲에 덮인 풍경을 가리킴. 죠희―좋으니. 수변
정사(水邊精舍)―물가에 지은 제자 가르치는 집. 소쇄―시원
하고 깨끗함. 가이―끝이. 강학(講學)―학문을 강론함. 영월음
풍(詠月吟風)―달과 바람. 즉 자연을 노래함.

참 고

고산구곡가 6.

육곡은 어드메오 조협에 물이 넓다
나와 고기와 뉘야 더욱 즐기는고
황혼에 낚대를 메고 대월귀를 하노라

〈高山九曲7〉

낱말풀이

조협(釣峽)―낚시질하는 골짜기. 뉘야―누가. 낚대―낚싯
대. 대월귀(帶月歸)―달빛을 받으며 돌아옴.

참 고

고산구곡가 7.

이곡은 어드메고 화암에 춘만커다
벽파에 꽃을 띄워 야외로 보내노라
사람이 승지를 모로니 알게 한들 엇더리

〈高山九曲3〉

낱말풀이

화암(花巖)―꽃피어 있는 바위. 춘만(春晚)커다―봄이 저물어 간다. 벽파(碧波)―푸른 물결. 야외―산 밖의 들. 승지(勝地)―이름난 경치 좋은 곳. 모로니―모르니.

참 고

고산구곡가 3.

일곡은 어드메오 관암에 해 비췬다
평무에 내 걷으니 원근이 그림이로다
송간에 녹준을 놓고 벗오는 양 보노라

〈高山九曲2〉

낱말풀이

일곡―첫굽이. 관암(冠岩)―산머리에 있는 바위. 평무(平蕪)―들판. 내―안개가. 송간(松間)―소나무 사이. 녹준(綠樽)―푸른 술통.

참 고

고산구곡가 2.

칠곡은 어드메오 풍암(楓岩)에 추색 좋다
청상이 엷게 치니 절벽이 금수로다
한암에 혼자 앉아서 집을 잊고 잇노라

〈高山九曲8〉

낱말풀이

　풍암―바위에 단풍나무가 많이 곁들인 곳. 청상(淸霜)―서리. 한암(寒岩)―차가운 바위.

참 고

　고산구곡가 8.

팔곡은 어드메오 금탄에 달이 밝다
옥진금휘로 수삼곡을 노론 말이
고조를 알 리 없으니 혼자 즐겨 하노라

〈高山九曲9〉

낱말풀이

　금탄(琴灘)―여울 이름. 옥진금휘(玉軫金徽)―거문고의 한 종류. 노론 말이―논 것이.

참 고

　고산구곡가 9.

이 재 李 在

작자소개

　西川君 洸의 손자. 영조 때 서윤을 지냄. 글씨를 잘 썼음. 시조 2수 전함.

샛별지자 종다리 떳다 호미 메고 사립나니
긴 수풀 찬이슬에 뵈잠방이 다 젖는다

아희야 시절이 좋을손 옷이 젖다 관계하랴

〈花樂86〉

낱말풀이

샐별—샛별. 종다리—종달새.

샐별지고 종달이 떳다 사립 닷고 소 먹여라
마히 매양이랴 쟝기 연장 다스려라
쉬다가 개는 날 보아 사래 긴 밭 갈리라

〈注海302〉

낱말풀이

마[霖]히—장마가. 쟝기—쟁기. 사래 긴 밭—이랑이 긴 밭.

이 정 李 婷

작자소개

단종 2~성종 19(1454~1488). 자는 子美. 호는 風月亭. 덕
종의 맏아들, 성종의 형. 세조의 총애를 받고 7세에 월산군에 봉
함 받음. 서사를 좋아하고 문장이 뛰어나 그의 시작이 중국에까
지 널리 애송되었음. 성종이 자주 그의 집에 드나들고 그의 정자
를 風月亭이라 이름짓고 近體 五言律詩를 친히 지어 주었음. 저
서로는 風月亭集이 있음. 시조 1수 전함.

추강에 밤이 드니 물결이 차노매라
낚시 드리우니 고기 아니 무노매라

무심한 달빛만 싣고 뷘배 저어 오노라

〈珍靑308〉

낱말풀이

추강(秋江)—가을의 쌀쌀한 강. 차노매라—차도다. 뷘배—
빈 배.

이정귀 李廷龜

작자소개

명종 19~인조 13(1564~1635). 자는 聖徵. 호는 月沙. 본
관은 延安. 연성부원군 石亨의 현손, 현령 啓의 아들. 尹根壽의
문인. 증광시에 급제, 승문원에 등용되었다가 임진왜란 때 행재
소에 가서 說書가 되었음. 병조와 이조의 좌랑을 거쳐 예조판서
·우의정·좌의정에 이름. 저서로는 詩文 25권 書筵講義 1권,
大學講義 1권 등이 있음 시조 1수 전함.

님을 믿을 것가 못 믿을손 님이시라
믿어 온 시절도 못 믿을 줄 알아스라
믿기야 어려워마는 아니 믿고 어이리

〈珍靑104〉

낱말풀이

믿을 것가—믿을 것인가. 못 믿을손—못 믿을 것은. 알아스
라—알았도다. 어려워마는—어렵건만.

이정보 李鼎輔

숙종 19~영조 42(1693~1766). 자는 士受. 호는 三洲·報客亭. 본관은 延安. 정시에 급제. 대제학·판중추부사·예조판서에 이름. 말년에 산수에서 자적함. 글씨와 한시에도 뛰어났음. 시조 78수 전함.

가마귀 저 가마귀 네 어디로 좇아온다
소양전 날빛을 네 혼자 띄엿신이
사람은 너만 못한 줄을 홀로 슬퍼하노라

〈注海364〉

낱말풀이

좇아온다―쫓아오느냐. 소양전(昭陽殿)―중국 한나라 때 궁녀들이 있던 집. 띄엿신이―띠었으니.

가을 타작 다한 후에 동내 모아 강신할 쩨
김풍헌의 메덧이에 박권농의 되롱춤이로다
좌상에 이존위는 탱장대소하더라

〈注海335〉

낱말풀이

강신(講信)―향약(鄕約) 때 모여 술을 마시고 계를 맺는 것. 메덧이―메더지, 옛 노래의 일종. 되롱춤―도롱이 춤, 어깨춤. 존위(尊位)―어른. 탱장대소(撑掌大笑)―손뼉을 치며 크게 웃는 것.

각시네 꽃을 보소 픠는듯 이우는이
얼굴이 옥같은들 청춘을 매얏실까
늙은 후 문전이 냉락하면 뉘우칠까 하노라

〈注海320〉

낱말풀이

각시네—어린 계집. 픠는듯—피자마자. 이우는이—시드나
니. 매얏실까—매었을까. 냉락하면—영락하여 쓸쓸하면.

간밤에 자고 간 그놈 아마도 못 잊을다
와도ㅅ(瓦冶)놈의 아들인지 진흙에 뽐내듯이
두더쥐 영식(令息)인지 국국기 뒤지듯이
사공의 성령(成伶)인지 사어(沙禦)때 질으듯이
평생에 처음이오 흉증 이도 야르제라
전후에 나도 무던이 격거시되 참맹서
간밤 그놈은 참아 못 잊을까 하노라

〈注海383〉

낱말풀이

못 잊을다—못 잊겠구나. 와도ㅅ놈—기와 만드는 놈. 뽐내
듯이—진흙을 이기느라 뛰놀 듯이. 영식—남의 아들을 높여
부르는 말. 국국기—꾹꾹. 성령—성냥, 손으로 하는 일. 사어
때—사앗대. 흉증이도—음흉하게도. 야르제라—야릇해라.

참 고

사설시조.

검은 것은 가마귀요 흰 것은 해오라비

신 것은 매당이오 짠 것은 소금이라
물성이 다 각각 다르니 물각부물(物各付物)하리라
〈注海334〉

낱말풀이

가마귀―까마귀. 해오라비―백로. 매당―매실과 아그배. 물
성―사물의 성질. 물각부물―물건을 제대로 맡겨 둠.

꽃 피면 달 생각하고 달 밝으면 술 생각하고
꽃 피자 달 밝자 술 엇으면 벗 생각하네
언제면 꽃 아래 벗 데리고 완월장취하런요
〈注海369〉

낱말풀이

엇으면―얻으면. 완월장취(翫月長醉)―달을 벗삼아 술에 오
래오래 취함.

광풍에 떨린 이화 옴여감여 날리다가
가지에 못 올으고 거미줄에 걸리거다
저 거미 낙화ㄴ줄 모르고 나비 잡듯 할연다
〈注海313〉

낱말풀이

광풍―미친 듯이 사납게 부는 바람. 떨린―떨어진. 옴여감
여―오락가락. 걸리거다―걸리었다. 할연다―하려느냐.

꿈에 님을 보려 베개 위에 지혓씬이
반벽잔등에 앵금도 참도찰샤

밤중만 외기럭의 소리에 잠 못 일워 하노라

〈注海359〉

낱말풀이

지혓씨이—의지하였으니.　반벽잔등(半壁殘燈)—벽　한쪽에 걸어 놓은 꺼져 가는 등불. 앵금〔鴛衾〕—원앙새를 수놓은 이불. 참도찰싸—차기도 차다. 밤중만—한밤중쯤.

낙일은 서산에 저서 동해로 다시 나고
가을에 이운 풀은 봄이면 푸르거늘
엇어타 최귀한 인생은 귀불귀를 하느니

〈注海356〉

낱말풀이

이운—시든〔枯〕. 귀불귀(歸不歸)—가고는 다시 돌아오지 아니함.

누고서 광하천만간을 일시에 지어내어
천하한사를 다 덮자 하돗던고
뜻 두고 이루지 못한이 네오 내오 다르랴

〈注海933〉

낱말풀이

누고서—누구라서. 광하천만간(廣廈千萬間)—넓고 크고 호화스런 큰 집. 천하한사(天下寒士)—가난하고 세력이 없는 세상 선비들. 덮자—뒤덮어 보호하자는 뜻. 하돗던고—했던 것인가. 네오 내오—너요 나요.

늙게야 만난 님을 덧없이도 여희건져
소식이 긋첫씬들 꿈에나 아니 뵐야
님이야 날 생각할야만은 나는 못 잊을까 하노라

〈注海332〉

낱말풀이

여희건져―이별하였구나.

님 그려 얻은 병을 약으로 고칠손가
한숨이야 눈물이야 오매에 맺혔세라
일신이 죽지 못한 전은 못 잊을까 하노라

〈注海352〉

낱말풀이

오매(寤寐)―자나 깨나. 맺혔세라―맺혔구나. 죽지 못한 전
은―죽기 전에는.

님으란 회양(淮陽) 금성(金城) 오리남기되고 나는 삼
사월 츩너출이 되야
그 남게 그 츩이 낙검의 납의 감둣이 이로 츤츤 저리
로 츤츤 외오 풀러 올히 감아 얼거져 풀어져 밋붓터 끝
까지 조곰도 빈틈없이 찬찬 굽의나게 휘휘 감겨 주야장
상(晝夜長常) 뒤틀어저 감겨 있어 동섯달 바람비 눈설
이를 암으만 맞은들 떨어질 줄이시랴

〈注海386〉

낱말풀이

님으란—님은. 오리남기—오리나무. **츩**너출—칡덩굴. 낙검
의—납거미, 거미의 일종. 납의—나비. 츤츤—칭칭. 외오 풀러
—잘못 풀어. 올히—옳게, 바르게. 찬찬—칭칭. 굽의나게—굽
이지게. 주야장상—밤낮 언제나. 동섯달—동지 섣달. 암으만—
아무리.

참 고

사설시조.

두견아 우지 마라 이제야 내 왔노라
이화도 피어 있고 새달도 돋아 있다
강산에 백구 있으니 맹세 풀이 하리라

〈注海373〉

낱말풀이

풀이 하리라—풀어 주겠도다.

물 우흿 사공 물 아랫 사공놈들이 삼사월 전세대동
(田稅大同) 실러 갈 제
일천석 싣는 대중선(大重船)을 작위 다햐 꾸며내어
삼색 과실 멀이 가즌것 갖추어 피리 무고(巫鼓)를 둥둥
치며 오강성황지신(五江城隍之神)과 남해왕지신(南海
王之神)께 손 곳초와 고사(告祀)할 제 전라도라 경상도
라 울산바다 나주 바다 칠산바다 휘돌아 안흥목이라 손
돌(孫乭)목 강화ㅅ목 감돌아 들 제 평반(平盤)에 물담
듯이 만리창파에 가는듯 돌라요게 고스레 고스레 사망

(事望)일게 하소서 어어라 어어라 저어 어어라 배 떠여
라 지국총(至菊叢)
　남무아미타불

〈注海393〉

낱말풀이

　전세대동—땅세로 쌀·무명 등을 상납하던 세제(稅制). 대
중선—큰 배. 작위—자귀. 다햐—대어. 삼색과실—제사 때 쓰
는 세 가지 과실. 멀이 가즌것—골라서 좋은 것. 무고—무당이
치는 북. 오강성황지신—한강·용산·마포. 지호(芝湖)·서호
(西湖)의 성황당에 모신 신. 곳초와—합장하여. 목—중요한 지
점. 가는듯 돌라요게—가자마자 곧 돌아오게. 고스레—고수레.
고사 때나 들에 나가서 음식을 먹을 때 먹기 전에 조금씩 집어
던지며 외치는 소리. 사망—장사에 이익을 많이 보는 운수.

참 고

　사설시조.

묻노라 부나븨야 네 뜻을 내 몰래라
한 나비 죽은 후에 또 한 나비 딸아온여
아무리 프새옛 즘생인들 너 죽을 줄 모르는다

〈注海368〉

낱말풀이

　부나븨—불나비. 몰래라—모르노라. 프새옛 즘생—보잘것없
는 짐승. 모르는다—모르느냐.

사람이 늙은 후에 또 언제 졈어 볼꼬.

빠진 이 다시 나며 센 머리 검을손가
세상에 불로초 없으니 그를 슬허하노라

〈注海375〉

낱말풀이

점어 볼꼬─젊어 볼까.

산가에 봄이 오니 자연이 일이 하다
앞내에 살도 매며 울 밑에 외씨도 뼈코
내일은 구름 걷거든 약을 캐러 가리라

〈注海341〉

낱말풀이

하다─많다. 살─어살. 고기를 잡기 위해 물 속에 매는 나
무 울. 뼈코─뿌리고.

생매 같은 저 각씨님 남의 간장 그만 끊소
돈을 주랴 은을 주랴 대단(大緞)치마 향직당의(鄕織
唐衣) 항라(亢羅) 속것 백릉(白綾) 허릿띠 구름 같은
북도ㅅ(北道)다릐 옥비녀 죽절비녀 은장도라 금패자르
금장도라 밀화(密花)자르 강남서 나오신 산호가지 자개
천도청란(天桃靑鸞) 박은 순금 가락지 석웅황(石雄黃)
진주당게 수초혜(繡草鞋)를 주랴
저 님아 일만량이 꿈자리라 꽃 같은 보조개에
웃는 듯 찡기는 듯 천금일약을 잠간 허락하여라

〈注海392〉

| 낱말풀이 |

대단치마—비단치마. 당의—여자 예복의 한 가지. 항라—명주 · 모시 · 무명실 등으로 짠 천. 백릉—흰 빛깔의 얇은 비단. 다릐—다리. 여자 머리에 덧넣는 딴은 머리로, 가발의 일종. 금패자르—금패로 만든 자루. 천도청란—순금 반지에 박은 알. 당게—당감잇줄. 짚신이나 미투리의 총에 꿰어 줄이고 늘이는 끈줄. 수초혜—수놓은 미투리. 천금일약—천금 준마와 소첩을 바꾼다는 말. 잠간—잠시 동안만.

| 참 고 |

사설시조

아마도 모를 일은 조화옹(造化翁)의 일이로다
바다 밖은 하늘이요 하늘 위는 무엇인고
누구서 천상도 인간같다한이 글어한가 하노라

〈注海330〉

| 낱말풀이 |

조화옹—조물주. 누구서—누가.

오동 성긴 비에 추풍이 사기(乍起)하니
갓득에 시름한듸 실솔성은 무스 일고
강호에 소식이 엇던지 기러기 알가 하노라

〈注海342〉

| 낱말풀이 |

사기—잠깐 일어남. 갓득에—가뜩이나, 그렇지 않아도. 시름한듸—근심이 많은데. 실솔성(蟋蟀聲)—귀뚜라미 소리. 무

스 일고—무슨 일인고. 강호—은사(隱士)들이 사는 곳.

올여논 물 실어 놓고 면화밭 매오리라
울 밑에 외를 따고 보리 능거 점심하소
뒷집의 빚은 술 익어거든 차자 남아 가져오시

〈注海371〉

낱말풀이

올여논—올벼 논. 능거—겉보리를 찧어 보리쌀이 되게 하
여. 차자—외상. 가져오시—가져오소.

잇노라 즑여 말고 못엇노라 슬허 마소
엇은이 우환인 줄 못 엇은이 제 알쏜가
세상이 엇을이 하 분분하니 그를 우어하노라

〈注海363〉

낱말풀이

엇은이—얻은 사람. 하—많이, 몹시. 분분하니—뒤숭숭하
니. 우어—우스워.

천산에 눈이 오니 건곤이 일색이로다
백옥경 유리계ㄴ들 이에서 더할손가
천수만수에 이화발하니 양춘 본 듯 하여라

〈注海348〉

낱말풀이

건곤(乾坤)—하늘과 땅. 백옥경(白玉京)—하늘에 있다는 궁
전. 유리계(琉璃界)—신선의 세계. 이에서—여기에서, 이보다.

평생에 원하기를 이 몸이 우화(羽化)하여
청천에 솟아올라 저 구름을 헷치고져
이후는 광명일월을 갈리기게 말리라

〈注海329〉

낱말풀이

  우화―신선이 됨. 헷치고져―헤치고 싶구나. 광명일월―밝
은 해와 달. 갈리기게―가리게, 덮게.

이정섭 李廷燮

작자소개

  자는 季和. 호는 樗村. 본관은 全州. 宗室 임원군 㭗의 아들.
蔭仕하여 벼슬이 정랑에 이름. 시조 2수를 전함.

알앗노라 알앗노라 나는 발서 알앗노라
인정은 토각이요 세상은 우모로다
엇의서 망령엣 것은 올아말아 하는이

〈注海261〉

낱말풀이

  토각(兎角)―토끼 뿔. 세상에 없는 것을 비유. 우모(牛毛)
―쇠털. 셀 수 없이 많음을 비유. 엇의서―어디서. 망령엣―망
령의.

이정진　李廷藎

작자소개

　자는 集中. 호는 百悔齋. 영조 때의 가인. 현감을 지냄. 시조 13수 전함.

남이 해할지라도 나는 아니 겨로리라
참으면 덕이오 겨로면 같으리니
구부미 제게 잇거니 갈을 줄이 이시랴

〈珍靑343〉

낱말풀이

　겨로리라―겨루리라. 구부미―굽은 것이, 잘못이. 갈을 줄이―상대할 줄이.

늙어 좋은 일이 백에서 한 일도 없네
쏘던 활 못 쏘고 먹던 술도 못 먹패라
각씨네 유미한 것도 쓰외 보듯 하패라

〈花樂325〉

낱말풀이

　못 먹패라―못 먹겠노라. 유미(有味)한―맛있는. 쓰외―쓴 오이. 하패라―하도다.

매아미 맵다 울고 쓸람이 쓰다 우니
산채(山菜) 맵다는가 박주를 쓰다는가

　　우리는 초야에 묻쳤으니 맵고 쓴 줄 몰내라

〈花樂224〉

낱말풀이

　　쓸람이—쓰르라미. 박주(薄酒)—하찮은 술.

　　밝가벗은 아해(兒孩)들이 거미줄 테를 들고 개천으로
왕래하며
　　밝가숭아 밝가숭아 저리 가면 죽느니라 이리 오면 사
나니라 부르나니 밝가숭이로다
　　아마도 세상일이 다 이러한가 하노라

〈六靑748〉

낱말풀이

　　부르나니—부르는 사람이.

　　죽기 설웨란들 늙기도곤 더 설우랴
　　무거운 팔춤이요 숨 절은 노래로다
　　가뜨기 주색재 못 하니 그를 슬퍼하노라

〈花樂324〉

낱말풀이

　　설웨란들—서럽다 한들. 늙기도곤—늙기보다. 설우랴—서러
우랴. 절은—짧은. 주색재—주색까지.

이정환 李廷煥

작자소개

호는 松岩. 본관은 全州. 생원시에 급제, 병자호란의 국치를
보고 두문불출하였으며, 悲歌 10수를 지음. 저서로는 松岩遺稿
가 있음.

구렁이 낫는 풀이 봄비에 절로 길어
알을 일 없으니 긔 아니 좋을소냐
우리는 너희만 못하야 실람겨워 하노라

〈松岩遺稿〉

낱말풀이

알을 일―지각(知覺). 실람겨워―시름겨워.

참 고

병자호란의 國恥를 비분강개한 悲歌중의 하나.

조그만 이 한 몸이 하늘 밖에 떠 지니
오색구름 깊은 곳의 어느 것이 서울인고
바람에 지나는 검줄 같하야 갈 길 몰라 하노라

〈松岩遺稿〉

낱말풀이

떠 지니―떨어지니. 검줄 같하야―검불 같아서, 힘없는 것
에 비유.

참 고

비가 중의 하나.

이조년 李兆年

작자소개

고려 원종 10~충혜왕 복위 4(1269~1343). 자는 元老. 호
는 梅雲堂. 문과에 급제, 비서승으로 왕을 따라 원나라에 갔다옴.
대제학을 지냄. 시조 1수 전함.

이화(梨花)에 월백하고 은한은 삼경인제
일지춘심(一枝春心)을 자규야 알랴마는
다정도 병인 양하야 잠 못 들어 하노라

〈珍靑365〉

낱말풀이

은한(銀漢)—은하수. 삼경(三更)—한밤중. 자규(子規)—두
견새.

이존오 李存吾

작자소개

고려 충혜왕 복위 2~공민왕 20(1341~1371). 자는 順卿.
호는 石灘. 본관은 慶州. 문과에 급제, 우정언을 지냄. 신돈의 횡
포를 탄핵하다가 장사감무로 좌천된 후 은거함. 나이 31세에 분
사함. 시조 3수 전함.

구름이 무심탄 말이 아마도 허랑하다
중천에 떠 있어 임의 다니면서
구태여 광명한 날빛을 따라가며 덮나니

〈珍靑348〉

낱말풀이

　허랑(虛浪)하다―언행이 허황하고 착실하지 못함.

이 택 李 澤

작자소개

　효종 2~숙종 45(1651~1719). 자는 雲夢. 본관은 全州. 무
과에 급제, 선전관·고산첨사·전라좌수사·평안병사 등에 이름.
시조 2수 전함.

감장새 작다 하고 대붕(大鵬)아 웃지 마라
구만리장천(九萬里長天)을 너도 날고 저도 난다
두어라 일반비조니 네오 긔오 다르랴

〈珍靑446〉

낱말풀이

　감장새―굴뚝새. 일반비조(一般飛鳥)니―다 같은 날새들이
니. 네오―너나. 긔오―그것이나, 즉 감장새를 말함.

이항복 李恒福

명종 11~광해군 10(1556~1618). 자는 子常. 호는 弼雲·
白沙. 본관은 慶州. 알성문과에 급제, 우의정에 이름. 광해군의
廢母論에 반대하다가 북청에 유배되어 그곳에서 죽음. 임진왜란
의 뒷수습에 힘썼음. 특히 해학을 잘했음. 문집으로 白沙集이 있
음. 시조 4수 전함.

시절도 저러하니 인사도 이러하다
이러하거니 어이 저러 아닐소냐
이런자 저런자하니 한숨겨워 하노라

〈珍靑101〉

낱말풀이

저러하니―저렇게 어수선하니. 아닐소냐―아니 할쏘냐. 이
런자 저런자―이렇다 저렇다.

철령 높은 봉에 쉬어 넘는 저 구름아
고신원루(孤臣寃淚)를 비삼아 띄여다가
님 계신 구중심처에 뿌려 본들 어떠하리

〈珍靑103〉

낱말풀이

철령(鐵嶺)―강원도 회양(淮陽)에 있는 고개. 고신원루―임
금님의 사랑을 잃게 된 외로운 신하의 억울한 눈물. 구중심처
(九重深處)―궁중(宮中).

참 고

이 시조는 작자가 북청으로 유배가면서 읊은 것임.

이현보 李賢輔

작자소개

세조 13~명종 10(1467~1555). 자는 棐仲. 호는 聾岩. 본관은 永川. 식년시에 급제, 호조참판·중추부사에 이름. 만년에 고향에 돌아와 산수를 벗하여 여생을 즐김. 저서로는 聾岩集과 漁夫詞 등이 있음. 시조 10수 전함.

굽어는 천심녹수 돌아보니 만첩청산
십장홍진이 엇매나 가렷는고
강호에 월백하거든 더욱 무심 하예라

〈聾岩集〉

낱말풀이

굽어는―굽어보면. 천심녹수(千尋綠水)―몹시 깊은 푸른 물. 만첩청산(萬疊靑山)―겹겹이 쌓인 푸른 산. 십장홍진(十丈紅塵)―속세. 엇매나―얼마나. 월백―달이 밝음.

참 고

어부사 중의 하나.

농암(聾岩)에 올라보니 노안이 유명이로다
인사이 변한들 산천이 딴 가실가
암전(岩前)의 모수모구이 어제 본 듯 하예라

〈聾岩集〉

낱말풀이

　　농암—경상북도 예안현(안동군) 이현보의 고향에 있는 바위
이름. 노안(老眼)—늙은이의 눈. 유명(猶明)이로다—오히려
밝도다. 산천이 딴—산천이야. 가싈가—변할까. 모수모구(某水
某丘)—물과 언덕. 하예라—하구나.

참　고

　　이 聾岩歌는 벼슬에서 물러나 고향에 돌아와서 지었다 함.

이 황 李 滉

작자소개

　　연산군 7~선조 3(1501~1570). 초명은 瑞鴻. 자는 景浩.
호는 退溪·陶翁·退陶·淸凉山人. 본관은 眞寶. 진사 식년시에
급제, 벼슬이 우찬성에 이름. 조선 중기 주자학을 집대성한 학자
로서 이기이원론을 제창. 도산서원을 세우고, 후진 양성과 학문
에 전심함. 저서로는 退溪全書와 陶山十二曲 시조가 있음.

　　고인도 날 못 보고 나도 고인 못 뵈
　　고인을 못 뵈도 녀던 길 알페 잇네
　　녀던 길 알페 잇거든 아니 녀고 어쩔고

〈陶山十二曲〉

낱말풀이

　　고인(古人)—옛사람. 못 뵈—못 보는구나. 녀던—다니던.
알페—앞에.

참 고

　도산 12곡 중 9.

당시에 녀던 길을 몇 해를 바려 두고
어디가 다니다가 이제야 돌아온고
이제야 돌아오나니 년듸 마음 마로리

〈陶山十二曲〉

낱말풀이

　돌아온고―돌아왔는가.　돌아오나니―돌아왔으니.　년듸―딴
곳에.

참 고

　도산 12곡 중 10.

산전에 유대하고 대하(臺下)에 유수로다
떼 많은 갈매기는 오명가명 하거든
어찌타 교교백구는 멀리 마음 하는고

〈陶山十二曲〉

낱말풀이

　유대(有臺)하고―누대(樓臺)가 있고.　오명가명―오락가락.
교교백구(皎皎白駒)―현자(賢者)가 타는 흰 말.

이런들 어떠하며 저런들 어떠하료
초야우생이 이렇다 어떠하료
하물며 천석고황을 고쳐 므슴하료

〈陶山十二曲〉

| 낱말풀이 |

어떠하료─어떠하겠는가. 초야우생(草野愚生)─시골에 파
묻혀 있는 못난 사람. 천석(泉石)─자연, 수석(水石). 고황(膏
肓)─고치지 못할 병, 즉 초야에 묻혀 살지 않고는 못배기는
성품. 므슴하료─무엇하겠는가.

| 참 고 |

도산 12곡 중 하나.

청량산 육륙봉을 아나니 나와 백구
백구야 헌사하랴 못 믿을손 도화로다
도화야 떠지지 마라 어주자 알가 하노라

〈珍靑312〉

| 낱말풀이 |

청량산(淸凉山)─경상북도 봉화군에 있는 산. 육륙봉(六六
峰)─열두 산봉우리. 아나니─아는 사람이. 헌사하랴─떠들고
야단스러우랴. 믿을손─믿을 것은. 떠지지─떨어지지. 어주자
(漁舟子)─고기잡이 하는 사람. 어부.

| 참 고 |

淸凉歌.

청산은 엇제하여 만고에 푸르르며
유수는 엇제하여 주야에 긋지 아닛는고
우리도 그치지 마라 만고상청호리라

〈陶山十二曲〉

긋지 아닛는고―그치지 아니하는가. 만고상청(萬古常靑)호
리라―언제나 변함없이 푸르리라.

참 고

도산 12곡 중 11.

이후백 李後白

작자소개

중종 15~선조 11(1520~1578). 자는 季眞. 호는 靑蓮. 본
관은 延安. 관찰사 淑珹의 증손. 조실부모하고 벼슬에 뜻이 없어
학문 연구에 전심함. 후에 사마시와 식년시에 급제, 승무원박사
·도승지·대사헌·부제학을 거쳐 이조참판·호조판서에 이름.
저서로는 靑蓮集이 있음. 시조 11수 전함.

추상(秋霜)에 놀란 기러기 섬거온 소릐 마라
갓득에 님 여희고 하믈며 객리로다
밤중만 네 우름소리에 잠 못 들어 하노라

〈六靑444〉

낱말풀이

섬거온―싱거운. 갓득에―가뜩이나. 여희고―이별하고. 객
리(客裏)―객지에 있는 동안. 밤중만―한밤중쯤.

익 종 翼 宗

작자소개

순조 9~순조 30(1809~1830). 이름은 旲. 자는 德寅. 호는 敬軒. 순조의 세자, 헌종의 아버지. 시조 9수 전함.

고흘샤 월하보(月下步)에 깁사매 바람이라
곳앏해 셧는 태도 님의 정을 맛져셰라
아마도 무중최애는 춘앵전(春鶯囀)인가 하노라

〈雅女89〉

낱말풀이

고흘샤—곱구나. 월하보—달 아래서 거닐음. 깁사매—비단소매. 곳앏해—꽃 앞에. 맛져셰라—맡기었도다. 무중최애(舞中最愛)—춤 중에 가장 사랑스러운 것. 춘앵전—진연(進宴) 때 추는 춤의 하나.

참 고

익종이 아직 동궁으로 있으며 대리를 볼 때, 그의 어머니 순원왕후 진찬연에 이 노래를 지어 올렸다 함.

인평대군 麟坪大君

작자소개

광해군 14~효종 9(1622~1658). 이름은 㴭. 자는 用涵. 호는 松溪. 인조의 셋째아들, 효종의 아우. 병자호란 때 청나라 심양에 가서 크게 외교적 공을 세움. 시율과 서예에 뛰어났음. 시

호는 忠敬. 저서로는 松溪集・燕行錄・山行錄 등이 있음. 시조 2
수 전함.

주인이 호사(好事)하야 원객(遠客)을 위로할씌
다정가관이 배아는이 객수(客愁)로다
어즙어 밀성금일(蜜城今日)이 태평인가 하노라

〈注海227〉

낱말풀이

할씌―하는 까닭으로. 다정가관(多情歌管)―다정한 노래와
관악. 배아는이―재촉하는 것이. 밀성―안주(安州).

임의직   任義直

작자소개

자는 伯亨. 거문고의 명인. 시조 6수 전함.

강촌에 일모(日暮)하니 곳곳이 어화(漁火)로다
만강선자(滿江船子)들은 북치며 고사(告祀)한다
밤중만 애내일성에 산갱빈(山更蠙)을 하더라

〈花樂268〉

낱말풀이

어화―고깃배가 밤에 불을 켜고 고기를 잡음. 만강선자―강
에 가득찬 고기잡이 배. 고사―액운이 없어지고 행운이 오도
록 신령에게 축원하는 제사. 애내일성(欸乃一聲)―노를 젓는
소리, 뱃노래. 산갱빈―산은 더욱 어둡고 고요해짐. 즉「山更

幽」가 잘못 기록된 것.

임 제 林悌

| 작자소개 |

명종 4~선조 20(1549~1587). 자는 子順. 호는 白湖・謙齋. 본관은 羅州. 병마절도사 晉의 아들. 생원・진사・알성시에 급제, 일찍이 속리산에 들어가 大谷 成運을 사사하였으며, 李珥・許筠・楊士彦 등과 교우함. 벼슬은 예조정랑 겸 지제교에 그쳤으나, 당대의 명문장가로서 재주가 능통하였으며 시를 잘 지었음. 저서로는 花史・愁城志・白湖集・元生夢遊錄이 있음. 시조 3수 전함.

북천이 맑다커늘 우장(雨裝) 없이 길을 나니
산에는 눈이 오고 들에는 찬비로다
오늘은 찬비 맞아시니 얼어 잘가 하노라

〈注海95〉

| 낱말풀이 |

맑다커늘―맑다고 하기에. 찬비―임제가 사랑하던 기생 한우(寒雨)가 있었는데, 여기서 찬비라 한 것은 한우를 말함. 맞아시니―맞았으니.

| 참 고 |

작자가 한우라는 기생에게 준 한우가.

청초 욱어진 골에 자는다 누엇는다

홍안(紅顔)을 어디 두고 백골만 묻쳤는다
잔 잡아 권할 이 없으니 그를 슬허하노라

〈珍靑107〉

낱말풀이

청초(靑草)—푸른 풀. 자는다 누엇는다—자느냐 누었느냐.
홍안—젊고 고운 얼굴. 묻쳤는다—묻혔느냐.

참 고

이 시조는 임제가 평안도사로 부임하는 길에 생전에 교분이
있었던 황진이의 무덤을 찾아보고 읊은 것이라 함.

장 만 張 晚

작자소개

명종 21~인조 7(1566~1629). 자는 好古. 호는 洛西. 본관
은 仁同. 군수 麒禎의 아들. 별시에 급제, 성균관·승무원·검열
·전생시 주부를 역임하고, 형조·예조좌랑·지평을 거쳐 팔도
도원수에 이름. 정묘호란 때 패전한 책임으로 부여에 유배됐다
가, 전공을 참착하여 용서받고 다시 관식에 올랐다. 문상에 능하
며, 저서로는 洛西集이 있음. 시조 1수 전함.

풍파에 놀란 사공 배 팔아 말을 사니
구절양장(九折羊腸)이 물도곤 어려워라
이 후란 배도 말도 말고 밭갈기나 하리라

〈珍靑163〉

낱말풀이

구절양장—여러 굽이의 험한 산길. 물도곤—물보다. 후란—
이후로는.

정도전 鄭道傳

작자소개

?~태조 7(?~1398). 자는 宗之. 호는 三峰. 본관은 奉化.
형부상서 云敬의 아들. 공민왕 때 진사시에 급제하여 태상박사가
되었고, 뒤에 이성계의 추천으로 성균 대사성이 되었음. 후에 삼
도 도통사가 됨. 제1차 왕자의 난으로 방원에게 참수당함. 불교
를 배척하고 유교를 국시로 삼는 데 힘썼음. 고려사 37권 편찬에
힘썼음. 조선 왕조를 찬양한 納氏歌·靖東方曲·文德曲·新都歌
등의 노래를 지음. 시조 1수 전함.

선인교 나린 물이 자하동(紫霞洞)에 흐르르니
반천년 왕업이 물소리뿐이로다
아희야 고국 흥망을 물어 무엇하리오

〈花樂214〉

낱말풀이

선인교(仙人橋)—개성 자하동에 있는 다리. 자하동—개성
송악산 기슭에 있는 경치 좋은 곳. 흐르르니—흐르니. 반천년
왕업—5백 년 동안의 고려 왕조. 고국—옛나라, 즉 고려.

정두경 鄭斗卿

작자소개

선조 30~현종 14(1597~1673). 자는 君平. 호는 東溟. 본관 溫陽. 이항복의 문인. 별시에 장원 급제, 예조참판·제학에 이르렀으나 벼슬에 뜻이 없고 학문에 힘썼음. 저서로는 東溟集이 있음. 시조 2수 전함.

금준에 가득한 술을 슬커장 거후로고
취한 후 긴 노래에 즐거옴이 그지없다
어즈버 석양이 진타마라 달이 좇아오노매

〈珍靑261〉

낱말풀이

금준—술독. 슬커장—실컷. 거후로고—기울이고. 오노매—오는구나.

정몽주 鄭夢周

작자소개

고려 충숙왕 복위 6~조선 태조 1(1337~1392). 자는 達可. 호는 圃隱. 본관은 延日. 문과의 삼장에 모두 장원 급제, 예문관 대제학이 됨. 東方理學의 원조로 추앙받음. 이방원에 의해 선죽교에서 살해당함. 저서로는 圃隱集이 있음. 시조 2수 전함.

이 몸이 죽어죽어 일백 번 고쳐 죽어

백골이 진토되여 넉시라도 잇고 없고
님 향한 일편단심이야 가실 줄이 이시랴

〈珍靑8〉

낱말풀이

고쳐 죽어―다시 죽어. 진토(塵土)―티끌과 흙. 님―여기서
는 임금. 일편단심(一片丹心)―진정에서 우러나온 충성심. 가
실 줄―변할 줄. 이시랴―있겠는가.

참 고

이 시조는 이방원이 포은의 뜻을 떠보려고 한 何如歌에 회
답한 것으로서 이를 丹心歌라 함.

정몽주 모친 鄭夢周 母親

가마귀 싸호는 골에 백로야 가지 마라
성낸 가마귀 흰 빛을 새올셰라
창파에 잇것 씻은 몸을 더러일가 하노라

〈珍靑380〉

낱말풀이

싸호는―싸우는. 골―골짜기에, 곳에. 새올셰라―시기할세
라. 잇것―기껏, 흡족하게. 더러일가―더럽힐까.

참 고

아들 정몽주가 이방원의 연회에 나갈 때, 그 어머니가 이
노래를 불렀다고 전함. 그러나 무명씨의 작이라는 설도 있음.

정 온 鄭 蘊

선조 2~인조 19(1569~1641). 자는 輝遠. 호는 桐溪. 본관
은 草溪. 鄭仁弘의 문인. 진사·별시에 급제, 사간원 정언이 됨.
광해군 4년 계축옥사에 관련되어 파직당하고, 10년간 제주에 정
배. 인조반정 후 다시 헌납 받음. 사간을 거쳐 이조참의에 이름.
병자호란 때 화의가 성립되자 비분하여 자결하려다가 이루지 못
하고 덕유산에 들어가 은거하다가 5년 만에 죽음. 시조 1수 전함.

　책 덮고 창을 여니 강호에 배 떠 있다

　왕래백구(往來白鷗)는 무슴 뜻 먹었는고

　앗구려 공명도 말고 너를 조차 놀리라

〈珍青304〉

낱말풀이

　왕래백구—오고가는 흰 갈매기. 무슴—무슨. 앗구려—아서
라. 감탄사.

정지상 鄭知常

작자소개

　?~고려 인종 13(?~1135). 초명은 之元. 호는 南湖. 서경
사람. 문과에 급제, 벼슬은 중서사인에 이름. 인종 때 묘청·백
수한 등과 함께 서울을 서경으로 옮길 것을 주장하다 묘청이 서
경에서 반란을 일으키자, 김부식은 정지상을 이에 관련한 자라

하여 죽였음. 문명이 높았고 저서로는 鄭司諫集이 있음. 시조 1
수 전함.

  우갈장제(雨歇長堤) 초색다(草色多)하니
  송군남포(送君南浦) 동비가(動悲歌)를
  대동강수 하시진(何時盡)고 별루년년(別淚年年) 첨
록파(添綠波)라
  승지(勝地)에 단장가인이 몇몇인 줄 몰래라

〈六靑252〉

| 낱말풀이 |

  남포―평양 남쪽에 있는 지명. 승지―경치 좋은 곳. 단장가
인(斷腸佳人)―애끓도록 그리운 미인. 몰래라―모르겠도다.

정 철 鄭 澈

| 작자소개 |

  중종 31~선조 26(1536~1593). 자는 季涵. 호는 松江. 본
관은 延日. 판관 惟沈의 아들. 어려서 河西 金麟厚・高峰 奇大升
의 문인. 뒤에 李珥・成渾 등과 교유함. 진사 별시 갑과로 장원
급제하여 지평이 됨. 이조좌랑을 거쳐 북관어사를 지냄. 서인의
거두로서 동인과 투쟁함. 동부승지・이조판서・대사헌에 이름.
건저문제로 탄핵을 받고 밀려 명천・진주・강계로 유배됨. 명나
라 사은사로 갔다와서 강화에서 죽음. 그의 長歌는 높이 평가받
음. 저서로는 松江歌辭가 있음. 시조 93수 전함.

간나희 가는 길흘 사나희 에도듯이
사나희 녜는 길흘 계집이 치도듯이
제 남진 제 계집 아니어든 일홈 묻지 마오려

〈松江歌辭〉

낱말풀이

　간나희―계집아이. 길흘―길을. 사나희―사나이. 에도듯이
―에워(둘러)돌 듯이. 녜는―다니는. 치도듯이―비켜돌 듯이.
일홈―이름. 마오려―마십시오.

참 고

　훈민가 중의 하나. 男女有別.

길 우희 두 돌부처 벗고 굶고 마조서서
바람비 눈서리를 맞도록 맞을만졍
인간에 이별을 모르니 그를 부뤄하노라

〈松江歌辭〉

낱말풀이

　우희―위의. 부뤄―부러워.

나모도 병이 드니 정자라도 쉴이 없다
호화이 셔신 제는 올 이 갈 이 다 쉬더니
닢지고 가지 것근 후는 새도 아니 앉는다

〈松江歌辭〉

낱말풀이

　쉴이―쉴 사람. 호화이―호화롭게. 셔신 제는―섰을 때는.
올 이 갈 이―올 사람 갈 사람.

내 마음 버혀내여 저 달을 맹글고져
구만리 장천에 반듯이 걸려 이셔
고온 님 겨신 곳에 가 비최여나 보리라

〈松江歌辭〉

낱말풀이

버혀내여—베어 내어. 맹글고져—만들고자. 구만리 장천(九萬里長天)—아주 먼 하늘. 이셔—있어. 비최여나—비치기나.

내 양자 남만 못한 줄 나도 잠간 알건마는
연지도 바려 잇고 분대도 아니 미네
이러코 괴실가 뜻은 전혀 아니 먹노라

〈松江歌辭〉

낱말풀이

양자—얼굴 모양. 잠간—약간. 바려 잇고—버렸고. 분대(粉黛)—분과 눈썹 그리는 먹, 화장. 괴실가—사랑해 줄까 하는.

네 아들 효경(孝經) 읽더니 어도록 배홧느니
내 아들 소학(小學)은 모래면 마츨로다
어늬 제 이 두 글 배화 어질거든 보려뇨

〈松江歌辭〉

낱말풀이

효경—공자가 증자에게 효도에 관해 말한 내용의 책. 어도록—얼만큼. 배홧느니—배웠느냐. 소학—중국 유자징(劉子澄)이 주희(朱憙)의 가르침을 받아 지은 책으로서, 남녀의 언행에 대한 예법을 주로 다룬 책에서 뽑아 편찬한 것으로 6권 5

책이 있음. 모래면—모레면. 마츨로다—마칠 것이로다. 어늬
제—언제. 어질거든—어질게 되는 것을.

참 고

훈민가 중의 하나. 子弟有學.

대(臺) 우혜 심근 느틔 몇 해나 자랏는고
씨 지여 난 휘초리 저같이 늙도록에
그제야 또 한 잔 잡아 다시 헌수하리라

〈松江歌辭〉

낱말풀이

우혜—위에. 심근—심은. 느틔—느티나무. 씨 지여 난—씨
뿌려 난. 헌수(獻壽)—장수를 비는 뜻으로 술잔을 드림.

마을 사람들아 옳은 일 하자스라
사람이 되어나서 옳지옷 못하면
마소를 갓곳갈 싀워 밥먹이나 다르랴

〈松江歌辭〉

낱말풀이

하자스라—하자꾸나. 옳지옷—「옷」은 강조사. 갓곳갈—갓
(笠)과 고깔. 싀워—씌워. 밥먹이나—밥먹이기와.

참 고

훈민가 중의 하나. 鄕閭有禮.

비록 못 입어도 남의 옷을 앗디 마라
비록 못 먹어도 남의 밥을 비지 마라

한적곳 때실은 휘면 고쳐 씻기 어려우리

〈松江歌辭〉

낱말풀이

앗디—빼앗지. 비지—구걸하지. 한적곳—한 번만. 「곳」은
강조사. 때실은—때가 묻은. 휘면—후면.

참 고

훈민가 중의 하나. 無作盜賊.

새원 원쥬되여 널 손님 지내옵네
가거니 오거니 인사도 하도 할샤
자셔히 보노라 하니 수고로워 하노라

낱말풀이

새원—신원(新院). 경기도 고양군에 있음. 원쥬—원주(院
主), 역원(驛院)을 지키는 임원. 녈—다닐. 하도 할샤—많기도
많구나.

선우음 참노라 하니 자최옴에 코히 싀예
반교태(半嬌態)하다가 찬 사랑 잃을셰라
단술이 못내 괸 전의란 넌대 마음 마자

〈松江歌辭〉

낱말풀이

선우음—선웃음. 자최옴—재채기. 코히—코가. 싀예—시구
나, 시큰하구나. 반교태—서툰 교태. 찬 사랑—가득 찬 사랑.
단술—감주. 못내 괸 전의란—완전히 발효하기 전일랑.「괴다」

는 술이나 간장 등이 발효할 때에 거품이 부글거림을 뜻함. 년
대—여느 곳.

송림에 눈이 오니 가지마다 곳치로다
한 가지 것거내어 님 계신 데 보내고저
저 님이 보신 후제야 녹아리라 엇더리

〈松江歌辭〉

낱말풀이

　곳치로다—꽃이로다. 것거—꺾어. 후제야—후에야. 녹아리
라—녹아 떨어진들.

쇠나기 한줄기미 연잎에 솓도록애
물 묻은 흔적은 전혀 몰라 보리로다
내 마음 저 같아야 덜믈 줄을 모르고져

〈松江歌辭〉

낱말풀이

　쇠나기—소나기. 한줄기미—한 줄기가. 솓도록애—쏟아지도
록, 쏟아지는 정도인데도. 덜믈—더러워질.

쓴나물 데온 물이 고기도곤 맛이 이셰
초옥 좁은 줄이 긔 더욱 내 분이라
다만당 님 그린 탓으로 시름계워하노라

〈松江歌辭〉

낱말풀이

　데온—데운. 고기도곤—고기보다. 이셰—있네. 초옥—풀로

지붕을 이은 집. 좁은 줄이—좁은 것이. 긔—그것이. 분—분
수. 다만당—다만. 계워—겨워.

심의산 세네 바회 감도라 휘도라 드러

오뉴월 낮계즉만 살얼음 지핀 우희

즌서리 섞어치고 자최눈 지엿거늘 보앗는다

님아 님아 온 놈이 온 말을 하여도 님이 짐작하소서

〈松江歌辭〉

낱말풀이

　세네 바회—서너 바퀴. 낮계즉만—정오가 조금 지나. 지핀
—잡힌. 우희—위에. 즌서리—진서리. 자최눈—자욱 눈. 발자
국이 날 정도의 눈. 보앗는다—보았느냐. 온—백(百), 여러.

아바님 날 낳으시고 어마님 날 기르시니

두 분 곳 아니면 이 몸이 살아시랴

하날 같은 은덕을 어디다혀 갚사올고

〈松江歌辭〉

낱말풀이

　두 분 곳—두 분만. 「곳」은 강조사. 살아시랴—살아 있으
랴. 어디다혀—어디다가.

참 고

　훈민가 중의 父義母慈. 훈민가는 모두 16편으로 조선 선조
때 작자가 강원감사로 있을 때 지은 것.

어버이 살아신 제 섬길 일란 다하여라

지나간 후면 애닯다 엇지하리
평생에 고쳐 못 할 일이 이뿐인가 하노라

〈松江歌辭〉

낱말풀이

　살아신 제—살아 계실 때에. 일란—일이란.

참 고

　훈민가 중의 子孝.

어와 동량재를 저리하야 어이할고
헐뜯어 기운 집의 의논도 하도 할사
뭇지위 고자 자 들고 헤뜨다가 말려나다

〈松江歌辭〉

낱말풀이

　어와—감탄사. 동량재(棟樑材)—기둥이나 대들보가 될 만한
재목 또는 큰 인물. 기운 집의—기울어진 집에 대한. 하도 할
사—많기도 많구나. 뭇지위—여러 목수. 고자 자—먹통과 자.
헤뜨다가—허둥대다가. 말려나다—말려는가.

오늘도 다 새거다 호믜 메고 가자스라
내 논 다 매여든 네 논 점 매여 주마
올 길헤 뽕따다가 누에 먹여 보자스라

〈松江歌辭〉

낱말풀이

　새거다—새었다. 가자스라—가자꾸나. 매어든—매거든. 점
—좀. 올 길헤—돌아오는 길에.

참 고

훈민가 중의 無惰農桑.

이고 진 저 늙은이 짐 풀어 날을 주오
나는 저멋거니 돌히라 무거울가
늙기도 설웨라커든 짐을조차 지실가

〈松江歌辭〉

낱말풀이

이고 진―머리에 이고 등에 진. 저멋거니―젊었으니. 돌히
라―돌이라고. 설웨라커든―서럽다고 하겠거늘. 짐을조차―짐
조차.

참 고

훈민가 중의 斑白者不負戴.

일정 백년 산들 긔 아니 초초한가
초초한 부생이 므사 일을 하랴 하야
내 잡아 권하는 잔을 덜 먹으려 하는다

〈松江歌辭〉

낱말풀이

일정(一定)―꼭. 초초(草草)한가―매우 바쁜가. 부생(浮生)
―덧없는 인생.

재 넘어 성권농 집이 술 익단 말 어제 듣고
누은 소 발로 박차 언치 놓아 지즐타고
아희야 네 권농 계시냐 정좌수 왔다 하여라

〈松江歌辭〉

낱말풀이

성권농(成勸農)―권농은 지방에서 농사를 권장하는 유사(有司). 익단―익었다는. 언치―안장 밑에 까는 모포나 어적. 지즐타고―눌러 타고. 정좌수(鄭座首)―즉 정철 자신. 좌수는 향소(鄕所)의 우두머리.

져기 섯는 져 소나모 길가에 셜 줄 엇디
적은덧 드리혀 저 굴형에 서고라자
삿 띄고 도치 멘 분네는 다 직으려 한다

〈松江歌辭〉

낱말풀이

져기―저기. 셜 줄 엇디―셜 줄 어찌 알았느냐, 어찌 섰느냐. 적은덧―잠깐. 드리혀―들여, 들어와. 서고라자―서 있었으면. 삿―새끼. 띄고―띠고, 가지고. 도치―도끼. 직으려―찍으려.

중셔당 백옥배를 십년 만에 고쳐 보니
맑고 흰 빛은 어제론듯 하다마는
엇더타 사람의 마음은 조석변하나뇨

〈松江歌辭〉

낱말풀이

중셔당(中書堂)―홍문관의 다른 이름. 백옥배(白玉盃)―백옥으로 만든 술잔, 임금이 내린 술잔. 고쳐―다시. 어제론듯―어제인 듯. 조석변(朝夕變)―아침 저녁으로 자주 변함.

청천 구름 밖에 높이 뜬 학이러니
인간이 좋더냐 므사므라 나려온다
장지치 다 떠러지도록 나라갈 줄 모르는다

〈松江歌辭〉

낱말풀이

　학이러니—학이었는데. 므사므라—무슨 까닭으로. 나려온다
—내려오느냐. 장지치—긴 것이. 모르는다—모르느냐.

한 몸 둘에 난화 부부를 삼기실샤
이신 제 함께 늙고 죽으면 한데 간다
어디서 망녕읫 것이 눈 흘기려 하나뇨

〈松江歌辭〉

낱말풀이

　둘에 난화—둘로 나누어. 삼기실샤—생기게 하셔서. 이신 제
—살아 있을 때. 망녕읫 것—망령된 것, 자기 부인을 가리킨 듯.

참　고

　훈민가 중의 夫婦有恩.

한 잔 먹새그녀 또 한 잔 먹새그녀 곳 것거
산(算) 놓고 무진무진 먹새그녀
이 몸 죽은 후면 지게 우혜 거적 덮어 주리혀 메여가
나 유소보장(流蘇寶帳)의 만인이 울어 네가 어욱새 속
새 덥가나모 백양(白楊) 속애 가기곳 가면 누른 해 흰
달 가는 비 굵은 눈 소소리 바람 불 제 뉘 한 잔 먹자

할고 하물며 무덤 위헤 잰납이 파람 불 제야 뉘우친들
엇지리

〈松江歌辭〉

낱말풀이

먹새그녀—먹세그려. 곳 것거—꽃 꺾어. 산 놓고—헤아려
두고. 우헤—위에. 주리혀—졸라매어. 유소보장—곱게 꾸민 상
여(喪輿). 유소는 상여에 다는 오색실, 보장은 화려한 포장.
가기곳—가기만 가면. 소소리바람—회오리바람. 잰납비—원숭
이. 파람—휘파람. 엇지리—어찌하리.

참 고

將進酒辭.

형아 아우야 네 살을 만져 보와
뉘 손대 타나관대 양재조차 같으슨다
한젖 먹고 길러나이셔 닷마음을 먹지 마라

〈松江歌辭〉

낱말풀이

만져 보와—만져 보아라. 뉘 손대—누구한테서. 타나관대—
태어났기에. 양재—양자(樣姿), 생김새. 같으슨다—같은가. 길
러나이셔—길러났으면서, 자랐으면서. 닷마음—딴 마음, 다른
생각.

참 고

훈민가 중의 兄友弟恭.

홍망이 수 없으니 대방성이 추초로다

나 모른 지난 일란 목적에 부쳐 두고
이 좋은 태평연화에 한 잔 호대 엇더리

〈松江歌辭〉

낱말풀이

수 없으니―많으니. 대방성―대방은 전라북도 남원 부근.
추초(秋草)―가을 풀. 목적(牧笛)―목동의 피리. 태평연화―
태평연월, 태평스런 세월.

정충신 鄭忠信

작자소개

선조 9~인조 14(1576~1636). 자는 可行. 호는 晩雲. 본관
은 光州. 고려 명장, 地의 후손. 임진왜란 때 나이 17세로 권율
도원수 휘하에 있으면서 의주로 장계를 가지고 갔고, 이항복이
이를 기특히 여겨 글을 가르쳤음. 무과에 급제, 안주목사를 지냄.
이괄의 난 때, 원수 장만을 도와 공을 세움. 정묘호란 때 부원수
가 되었다가 세폐 문제로 유배되었으나 곧 풀렸고, 포도대장·병
마절도사에 이름. 시조 3수 전함.

공산이 적막한듸 슬피 우는 저 두견아
촉국흥망이 어제 오늘 아니여늘
지금히 피나게 울어 남의 애를 긋나니

〈珍靑392〉

낱말풀이

공산(空山)―빈 산. 촉국흥망(蜀國興亡)―중국 촉나라의 흥

하고 망함. 지금(至今)히—지금이. 긋나니—끊는가.

정태화 鄭太和

작자소개

선조 35~현종 14(1602~1673). 자는 囿春. 호는 陽坡. 본
관은 東萊. 참판 廣成의 아들. 별시에 급제, 정원·이조좌랑을
거쳐 우의정·좌의정·영의정을 여섯 번이나 지냄. 소현세자를
배행하여 심양에 들어가 그 재주와 인물을 떨쳤음. 저서로는 陽
坡遺稿·陽坡年紀가 있음.

술을 취케 먹고 두렷이 앉았으니
억만 시름이 가노라 하직(下直)한다
아해야 잔 가득 부어라 시름 전송하리라

〈珍靑165〉

낱말풀이

두렷이—둥글게. 전송(餞送)—떠나 보냄.

조광조 趙光祖

작자소개

성종 13~중종 14(1482~1519). 자는 孝直. 호는 靜庵. 본
관은 漢陽. 진사시에 장원·알성시에 급제, 부제학·대사헌 등에
이름. 급진정책으로 많은 개혁을 시도하다가 드디어 기묘사화 때
사사됨. 많은 제자를 배출함. 시조 2수 전함.

저 건너 일편석이 강태공의 조대(釣臺)로다
문왕은 어디 가고 빈 대만 남았는고
석양에 물 차는 제비만 오락가락 하더라

〈花樂284〉

낱말풀이

일편석(一片石)—한 조각 돌. 강태공(姜太公)의 조대—여상
(呂尙)이 위수(渭水)에서 낚시질하던 곳. 문왕—중국 주나라 무
왕의 아버지. 위수에서 태공망을 만나 스승으로 맞이한 임금.

조명리 趙明履

작자소개

숙종 23~영조 32(1697~1756). 자는 仲禮. 호는 蘆江·道
川. 본관은 林川. 어려서 신동으로 통했고, 정시에 급제, 정언을
거쳐 지평이 됨. 정배 후 승지·예조참판·부제학·형조판서에
이름. 저서로는 道川集이 있음. 시조 4수 전함.

설악산 가는 길에 개골산(皆骨山) 중을 만나
중들여 물은 말이 풍악(楓嶽)이 엇덧튼이
이사이 연하여 서리친이 때 마잣다 하더라

〈注海309〉

낱말풀이

개골산—겨울의 금강산. 중들여—중더러. 풍악—풍악산, 가
을의 금강산. 엇덧튼이—어떻더냐. 이사이—요즈음.

조 식 曹 植

작자소개

연산군 7~선조 5(1501~1572). 자는 楗仲. 호는 南溟. 본관은 昌寧. 대가의 서적을 섭렵하여 독특한 학문을 이룸. 벼슬을 원치 않고 초야에 묻혀 글읽기만 힘썼음. 당대의 대학자로 숭앙을 받았으며, 그의 문하에서 金孝元 등의 대가를 배출했음. 여러번 벼슬을 주어 불렀으나 나아가지 않았음. 저서로는 南溟集, 가사 작품에 南溟歌・勸善指路歌 등이 있음. 시조 3수 전함.

두류산 양단수(兩端水)를 예 듣고 이제 보니

도화 뜬 맑은 물에 산영조차 잠겼세라

아희야 무릉이 어디오 나는 옌가 하노라

〈注海35〉

낱말풀이

두류산(頭流山)—지리산의 다른 이름. 양단수—물 이름. 예—옛날. 산영(山影)—산 그림자. 잠겼세라—잠겨 있구나. 무릉(武陵)—무릉도원(武陵桃源), 선경(仙境). 옌가—여기인가.

조존성 趙存性

작자소개

명종 8~인조 5(1553~1627). 자는 守初. 호는 鼎谷・龍湖. 본관은 楊州. 成牛溪의 문인. 이항복 등과 교유. 증광시에 급제, 검열이 되었다가 서인의 탄핵을 받고 파면됨. 임진왜란 때 호종

신으로 복직되고, 이어 호조정랑·해운판관이 되고, 형조·호조
참판·지의금부사·강원도 관찰사·호조판서 등에 이름. 시조 4
수 전함.

아희야 구럭망태 어두 서산에 날 늦것다
밤 지낸 고사리 하마 아니 늙으리야
이 몸이 이 푸새 아니면 조석 어이 지내리

〈珍靑112〉

| 낱말풀이 |

　　구럭망태—구럭과 망태. 어두—거두어라. 늦것다—늦겠다.
하마—벌써. 푸새—풋나물.

| 참 고 |

　　呼兒曲 4곡 중 西山探薇.

조 준 趙 浚

| 작자소개 |

　　고려 충목왕 2~조선 태종 5(1346~1405). 자는 明仲. 호는
吁齋·松堂. 본관은 平壤. 벼슬은 대호군·전법판서 등 역임. 위
화도 회군 사건이 있은 후 조선 왕조를 위해 많은 업적을 이루었
으며, 8년간이나 영의정을 지냈음. 시조 2수 전함.

술을 취케 먹고 오다가 공산에 지니
뉘 날 깨오리 천지즉금침(天地卽衾枕)이로다
광풍이 세우(細雨)를 몰아 잠든 날을 깨와다

〈珍靑371〉

낱말풀이

지니─「자니」의 잘못인 듯. 뉘─누가. 천지즉금침─하늘과
땅이 곧 이불이요 베개라는 뜻. 깨와다─깨우도다.

조찬한　趙纘韓

작자소개

선조 5~인조 9(1572~1631). 자는 善述. 호는 玄洲. 본관은
漢陽. 생원시・증광시에 급제. 영암군수・영천군수・삼도 토포사
를 거쳐 예조참의・동부승지・형조참의・선산부사 등에 이름. 문
장에 뛰어났고, 특히 詩賦에 능했음. 저서로는 玄洲集이 있음. 시
조 2수 전함.

빈천을 팔랴하고 권문(權門)에 들어가니
침없은 흥정을 뉘 먼저 하랴하리
강산과 풍월을 달라하니 그는 그리 못하리

〈珍靑108〉

낱말풀이

권문─권세 있는 집안. 침없은─치름 없는. 뉘─누가.

조 헌 趙 憲

작자소개

중종 39~선조 25(1544~1592). 자는 汝式. 호는 重峯·陶原·後栗. 본관은 白川. 이이·성혼의 문인. 호조·예조좌랑·현감 등에 이름. 상소와 직간에 도리어 왕의 노여움을 사서 유배·삭직 등 파란이 많았음. 임진왜란 때 의병을 일으켜 금산에서 싸우다 전사함. 저서로는 重峯東還封事가 있음. 시조 3수 전함.

지당에 비 뿌리고 양류(楊柳)에 내 끼인제
사공은 어디 가고 빈 배만 매었는고
석양에 짝 잃은 갈매기는 오락가락하노매

〈珍靑305〉

낱말풀이

지당(池塘)—연못. 끼인제—끼었는데. 하노매—하는구나.

주세붕 周世鵬

작자소개

연산군 1~명종 9(1495~1554). 자는 景游. 호는 愼齋. 본관은 尙州. 풍기 군수로 있을 때 백운동서원을 세워 百家書를 비치하고, 學田을 둔 우리나라 서원의 창시자임. 그후 호조참판·관찰사·대사성 등에 이름. 작품으로는 景幾體歌·道東曲·六賢歌·儼然曲·太平曲등이 있고, 저서로는 武陵雜稿가 있음. 시조 14수 전함.

아버님 날 낳으시고 어마님 날 기르시니
부모옷 아니시면 내 몸이 없일낫다
이 덕을 갚으려 하니 하늘가이 없으샸다

〈武陵續集〉

낱말풀이

　옷—강세 조사. 없일낫다—없으렸다. 하늘가이—하늘 끝이.
없으샸다—없도다.

종과 항것과를 뉘라서 삼기신고
벌와 가여미아 이 뜻을 먼저 아이
한 마음에 두 뜻 없이 속이지나 마옵새이다

〈武陵續集〉

낱말풀이

　항것—상전(上典). 삼기신고—만들어 내었는가. 벌와—벌
[蜂]과. 가여미—개미. 아이—알도다. 마옵새이다—마옵시다.

참 고

　五倫歌 중 3.

형님 자신 젖을 내조차 먹우이다
어와 우리 아아 어마님 너 사랑이야
형제오 불화하면 개도치라 하리라

〈武陵續集〉

낱말풀이

　자신—잡수신, 먹은. 내조차—나까지. 먹우이다—먹습니다.
어와—아아, 감탄사. 아아—아우. 형제오—형제이고. 개도치—

개와 돼지.

참 고

오륜가 중 5.

주의식 朱義植

작자소개

자는 道源. 호는 南谷. 본관은 羅州. 숙종 때 무과에 급제, 벼슬은 칠원현감을 지냄. 名歌로 이름났으며, 몸가짐이 공손하고 마음씨가 고와서 군자의 풍도가 있었고, 墨梅도 잘했음. 시조 14수 전함.

인생을 혜여하니 한바탕 꿈이로다
좋은 일 구즌 일 꿈 속에 꿈이여니
두어라 꿈 같은 인생이 아니 놀고 어이리
〈珍靑227〉

낱말풀이

한바탕 꿈이로다—일장춘몽이로구나.

창 밖에 아희 와서 오늘이 새해오커늘
동창(東窓)을 열처 보니 네 돋든 해 돋았다
아히야 만고한 해니 후천에 와 일러라
〈珍靑223〉

낱말풀이

새해오커늘—새해입니다 하거늘. 네 돋든—전에도 돋던. 만

고(萬古)한—옛날부터 있어 온. 후천(後天)—다음 세상. 일러
라—말하여라.

하늘이 높다 하고 발져겨 서지 말며
따히 두텁다고 마이 밟지 마를 것이
하늘 따 높고 두터워도 내 조심을 하리라

〈珍靑222〉

낱말풀이

발져겨—발꿈치를 돋우고. 따히—땅이. 마이—매우. 마를
것이—말 것이로다.

진 옥 眞 玉

작자소개

신원 미상. 기녀.

철이 철이라커늘 섭철만 너겨떠니
이제야 보아 하니 정철(正鐵)일시 분명하다
내게 골불무 있던니 녹여 볼가 하노라

〈槿樂389〉

낱말풀이

섭철—순수하지 못한 쇠. 너겨떠니—여겼더니. 정철—순수
한 쇠. 골불무—골풀무, 불을 피울 때 바람을 일으키는 기구의
하나.

참 고

이 시조의 작자를 鐵伊라 하기도 함.

천 금 千 錦

작자소개

신원 미상. 기생.

산촌에 밤이 드니 먼뒷 개 즈져 온다
시비를 열고 보니 하늘이 차고 달이로다
저 개야 공산 잠든 달을 즈져 무삼하리요

〈花樂261〉

낱말풀이

먼뒷 개—먼 곳의 개. 즈져 온다—짖어댄다. 무삼—무엇.

최 영 崔 瑩

작자소개

고려 충숙왕 3~우왕 14(1316~1388). 공민왕 때 조일신의
난을 치고, 왜구와 홍건적을 토벌하여 공을 세움. 판밀직사사·
평리를 역임. 우왕 때 명나라가 철령위를 설치하려 하자 요동 정
벌을 꾀하여 팔도 도통사가 되었으나, 창왕이 즉위하자 고봉으로
유배되어 그곳에서 죽음. 시호는 武愍. 시조 2수 전함.

녹이상제 살지게 먹여 시냇물에 싯겨 타고
용천설악(龍泉雪鍔)을 들게 갈아 두러메고
장부의 위국충절을 세워 볼가 하노라

〈花樂479〉

낱말풀이

녹이상제(綠耳霜蹄)―옛날 준마(駿馬)의 이름. 용천―옛날
보검의 이름. 설악―날카로운 칼날. 들게 갈아―잘 들게 갈아
서. 두러메고―둘러메고. 위국충절(爲國忠節)―나라를 위하는
충성과 절개.

한 우 寒 雨

작자소개

林悌와 교제가 있었던 평양 기생. 시조 1수 전함.

어이 얼어 자리 므스 일 얼어 자리
원앙침 비취금을 어디 두고 얼어 자리니
오늘은 찬비 맞앗으니 녹아 잘까 하노라

〈注海141〉

낱말풀이

얼어 자리―얼어서 자랴. 므스 일―무슨 일. 원앙침(鴛鴦
枕)―원앙새를 수놓은 베개. 비취금(翡翠衾)―비취를 수놓은
이불.

참 고

임제의 寒雨歌에 대한 회답의 노래임.

한 호 韓 濩

작자소개

중종 38~선조 38(1543~1605). 자는 景洪. 호는 石峰·淸
沙. 송도 출신. 사마시에 급제, 와서별제를 거쳐 가평군수가 됨.
당대의 명필임. 시조 1수 전함.

書跡으로는 箕子墓新碑·徐花潭敬德碑·南大門額書·善竹橋碑
·幸州勝戰碑 등이 있음.

집방석 내지 마라 낙엽엔들 못 앉으랴

솔불 혀지 마라 어제 진 달 돋아온다

아희야 탁주산챌망정 없다 말고 내어라

〈珍靑319〉

낱말풀이

집방석—짚으로 엮어 만든 방석. 솔불—관솔불. 혀지—켜
지. 탁주산채(濁酒山菜)—막걸리와 산나물.

허 강 許 橿

작자소개

중종 15~선조 25(1520~1592). 자는 士牙. 호는 松湖·江
湖處士. 본관은 陽川. 어려서부터 학문을 즐겼음. 아버지 磁가
을사사화로 홍원에 유배가서 죽게 되자, 영달에 뜻을 두지 않고
강호에서 소일함. 시조 8수 전함.

뫼한 높으나 높고 물은 기나 기다
높은 뫼 긴 물에 갈 길도 그지없다
님 그려 젖은 소매는 어니저긔 마를고

〈松湖遺稿〉

낱말풀이

뫼한—뫼는, 산은. 어니저긔—어느 때에.

허 정 許 珽

작자소개

자는 仲玉. 호는 松湖. 본관은 陽川. 별시에 급제. 벼슬이 승
지·부윤에 이름. 특히 창곡이 뛰어났음. 시조 3수 전함.

이영이 다 거두치니 울잣인들 성할소냐
불 아니 때인 방에 긴밤 어이 새려니
아희는 세사를 모르고 이야지야 한다.

〈珍靑172〉

낱말풀이

이영—지붕이나 담을 이는 데 쓰기 위하여 엮은 짚. 거두치
니—걷어 치우니. 울잣—울타리와 성(城). 「잣」은 성의 고어.
이야지야—이러쿵저러쿵.

호석균 扈錫均

작자소개

신원 미상. 시조 16수 전함.

꿈에나 님을 볼려 잠일울가 누었더니
새벽달 지새도록 자규성(子規聲)을 어이하리
두어라 단장춘심은 너나 내나 다르리

〈李靑702〉

낱말풀이

지새도록—새벽에 달이 지고 날이 샐 때까지. 자규성—두견새
의 우는 소리. 단장춘심(斷腸春心)—슬프도록 벅찬 춘정(春情).

홍 낭 洪 娘

작자소개

선조 때의 기생. 孤竹 崔慶昌과 정이 깊었음. 고죽이 병드니
홍낭이 함경도 경성에서 주야로 달려와 병문안을 했음. 그런데
그것이 말썽이 되어 고죽이 벼슬자리를 내놓게 되었다는 일화가
있음. 시조 1수 전함.

묏버들 갈해 것거 보내노라 님의 손대
자시는 창밧긔 심거두고 보쇼셔
밤비에 새잎 곧 나거든 날인가도 너기쇼셔

〈傳寫本〉

갈해—가리어. 손대—에게.

참 고

고죽이 북해평사로 鏡城에 가 있는 동안에 친해진 홍낭은 그 이듬해 고죽이 서울로 전임되자, 영흥에까지 배웅하고 함관령에 이르러 저문날 내리는 빗속에서 이 노래를 써서 버들가지와 함께 보낸 것이라 함.

홍서봉　洪瑞鳳

작자소개

선조 5~인조 23(1572~1645). 자는 輝世. 호는 鶴谷. 본관은 南陽. 사마시 별시의 重試에 급제, 당상관을 거쳐 호조판서·좌참판·우의정에 이름. 인조반정의 공신. 시조 1수 전함.

이별하던 날에 피눈물이 난지만지
압록강 나린 물이 푸른빛이 전혀 없네
배 위에 허여 센 사공이 처음 보롸 하드라

〈珍靑110〉

낱말풀이

난지만지—난둥만둥. 허여 센—하얗게 센(백발의 뜻). 보롸—보았도다.

홍익한 洪翼漢

선조 19~인조 15(1586~1637). 자는 伯升. 호는 花浦. 본
관은 南陽. 정시에 장원 급제, 사헌부 장령을 지냄. 병자호란 때
斥和臣으로 청나라에 볼모로 갔다가 끝내 굴복하지 않아 피살됨.
삼학사 중 한 사람. 시조 1수 전함.

수양산 나린 물이 이제에 원루(怨淚)되야
주야불식하고 여흘여흘 우는 뜻은
지금에 위국충성을 못내 슬허하노라

〈花樂396〉

낱말풀이

　수양산(首陽山)—중국에 있는 산으로 백이, 숙제가 굶어 죽
었다는 산. 이제(夷齊)—은나라 고죽군의 두 아들, 백이와 숙
제. 주야불식(晝夜不息)—낮과 밤으로 쉬지 않음. 위국충성
(爲國忠誠)—나라를 위한 충성.

홍 장 紅 粧

작자소개

강릉 기생. 시조 1수 전함.

한송정 달 밝은 밤에 경포대에 물결 잔제
유신한 백구는 오락가락 하것마는

어떻다 우리의 왕손은 가고 아니 오는이

〈注海136〉

낱말풀이

한송정(寒松亭)—강원도 강릉에 있는 누각. 잔제—잔잔할
때. 유신(有信)한—신의가 있는. 왕손—임금의 후손, 귀공자.

홍춘경　洪春卿

작자소개

연산군 3~명종 3(1497~1548). 자는 明仲. 호는 石壁. 본
관은 南陽. 사마시에 급제, 사성・보덕・집의・예조참의를 거쳐
좌승지・한성부우윤・이조참의에 이름. 시조 1수 전함.

주렴을 반만 열고 청강을 굽어보니
십리파광이 공장천일색(共長天一色)이로다
물 위의 양양백구(兩兩白鷗)는 오락가락 하더라

〈花樂50〉

낱말풀이

주렴(珠簾)—발. 십리파광(十里波光)—길게 흘러내리는 물
빛. 공장천일색—물과 하늘빛이 푸름. 양양백구—쌍쌍이 나는
갈매기.

황진이 黃眞伊

작자소개

본명은 眞. 일명 眞娘. 기명은 明月. 시·서·음률과 가무에
뛰어난 당대의 명기로서 墨畵 또한 절품이었다고 함. 碩儒와 詩
酒로 교유함. 지족선사를 파계시키고 시조 한 수로 벽계수를 도
취케 함. 서화담·박연폭포와 더불어 송도 삼절이라 하였으며,
특히 그의 시조는 유명함. 시조 6수 전함.

내 언제 신이 없어 님을 언제 속엿관대
월침(月沈) 삼경에 온 뜻이 전혀 없네
추풍에 지는 잎 소리야 낸들 어이 하리오

〈珍靑288〉

낱말풀이

　신(信)이─믿음. 속엿관대─속였기에. 월침 삼경─달없는
캄캄한 밤중. 온 뜻이─오는 기미가. 낸들─나인들.

산은 옛 산이로되 물은 옛 물 아니로다
주야에 흐르니 옛 물이 있을소냐
인걸도 물과 같도다 가고 아니 오노매라

〈珍靑287〉

낱말풀이

　인걸─뛰어난 인물. 오노매라─오는구나.

동지ㅅ달 기나긴 밤을 한허리를 베어내여

춘풍 이불 아래 서리서리 넣었다가
어론 임 오신 날 밤이여드란 구비구비 펴리라

〈注海135〉

낱말풀이

한허리―한가운데. 춘풍 이불―봄바람처럼 다사로운 이불.
서리서리―여러 번 잘 포개어. 어론 임―어른 임, 사랑하는
임. 밤이여드란―밤이면.

어져 내 일이여 그릴 줄을 모르던가
이시라 하더면 가랴마는 제 구타여
보내고 그리는 정은 나도 몰라 하노라

〈珍靑6〉

낱말풀이

어져―감탄사. 그릴 줄을―그럴 줄을. 모르던가―몰랐던가.
이시라 하더면―있으라고 했으면. 가랴마는―갔으랴마는. 제
구타여―자기가 굳이.

청산리 벽계수야 쉬이 감을 자랑 마라
일도 창해하면 다시 오기 어려워라
명월이 만공산하니 쉬어 간들 어떠리

〈珍靑286〉

낱말풀이

청산리(靑山裏)―푸른 산속. 벽계수(碧溪水)―산골짜기를
흐르는 맑은 물. 일도창해(一到滄海)―한 번 푸른 바다에 다
다르면. 만공산(滿空山)―조용한 산에 가득하니.

참 고

조선 종실에 벽계수라는 이가 있었는데 자기는 다른 사람들 처럼 황진이를 보아도 현혹되지 않는다고 큰소리를 쳤다. 이 소리를 들은 황진이는 사람을 시켜 벽계수를 달 밝은 가을 밤 에 개성 만월대로 오게 해놓고 이 시조로 도취케 하였다. 벽계 수는 황홀하여 나귀에서 떨어졌다는 이야기가 전함.

청산은 내 뜻이오 녹수는 님의 정이
녹수 흘러간들 청산이야 변할손가
녹수도 청산 못 잊어 울어녀어 가는고

〈大東128〉

낱말풀이

님의 정이—임의 정이로다. 변할손가—변하겠는가. 울어녀 어—계속 울면서.

황 희 黃 喜

작자소개

고려 공민왕 12~조선 문종 2(1363~1452). 자는 懼夫. 호 는 厖村. 본관은 長水. 조선 태조·정종·세종 때 벼슬이 대사헌 ·판서·참찬·우의정·世子師 등을 거쳐 만년에 几杖을 받고 영 의정에 이름. 시조 3수 전함.

강호에 봄이 드니 이 몸이 일이 하다
나는 그물 깁고 아희는 밭을 가니

뒷뫼헤 엄기는 약을 언제 깨랴 하나니

〈珍靑303〉

낱말풀이

하다―많다. 뒷뫼헤―뒷산에. 엄기는―싹이 길게 자란.

대쵸볼 붉은 골에 밤은 어이 뜻드르며
벼 벤 그루에 게는 어이 나리는고
술 익쟈 체장수 돌아가니 아니 먹고 어이리

〈珍靑324〉

낱말풀이

대쵸볼―대추의 살. 뜻드르며―뚝뚝 떨어지며. 그루―포기.
체―체〔篩〕.

효 종 孝 宗

작자소개

광해군 11~효종 10(1619~1659). 조선 제17대 임금. 이름
은 淏. 자는 靜淵. 호는 竹梧. 인조대왕의 둘째아들. 일찍이 병자
호란의 국치를 설욕하려고 송시열 등과 북벌을 꾀하였으나, 재위
10년에 승하하여 뜻을 이루지 못했음. 시조 12수 전함.

청강에 비 듣는 소리 긔 무엇이 우읍관대
만산홍록(滿山紅綠)이 휘드르며 웃는고야
두어어 춘풍이 몇 날이리 우을대로 우어라

〈注海9〉

낱말풀이

비 듣는—비 떨어지는. 긔—그것이. 우읍관대—우습기에.
만산홍록—산에 가득한 꽃과 풀. 우을대로 우어라—웃을 대로
마음껏 웃어라.

청석령 지나거냐 초하구(草河溝) 어드메오
호풍(胡風)도 차도 찰사 궂은 비는 무스 일고
뉘라서 내 행색 그려내야 님 계신 데 드릴고

〈珍靑217〉

낱말풀이

청석령(靑石嶺)·초하구—만주에 있는 지명. 효종이 세자
때 심양으로 잡혀갈 때 지나던 곳. 지나거냐—지났느냐. 차도
찰사—차기도 차구나. 무스 일고—무슨 일인고. 뉘라서—누가.
행색—모습.

無名氏篇

■ 평시조 平時調

간밤에 부던 바람에 만정도화 다 지거다
아희는 뷔를 들고 쓰로려 하는괴야
낙화ㄴ들 꽃이 아니랴 쓰지 만들 엇더리

〈珍靑42〉

낱말풀이

만정도화(滿庭桃花)—뜰에 가득 찬 복숭아꽃. 지거다—졌
다. 뷔—비. 쓰로려—쓸려고. 하는괴야—하는구나.

거울에 비췬 얼골 내 보기에 꽃 같거든
허믈며 단장(端粧)하고 님의 앏해 뵐 적이랴
이 단장 님을 못 뵈니 그를 슬허하노라

〈雅女15〉

낱말풀이

꼿—꽃. 앏해—앞에.

겨울날 다스한 볏을 님 계신 데 비최고쟈
봄 미나리 살진 맛을 님에게 드리고쟈
님이야 무섯이 없으리마는 내 못 잊어 하노라

〈珍靑428〉

낱말풀이

볏을—볕을. 무섯이—무엇이.

꽃은 밤비에 피고 비진 술이 다 익거다
거문고 가진 벗이 달과 함끠 오마터니
아희야 모첨에 달 오른다 벗 오시나 보아라

〈珍靑397〉

낱말풀이

익거다—익었다. 함끠—함께. 모첨(茅簷)—모옥(초가)의 처마.

굼벙이 매암이 되야 나래 도쳐 나라올라
노프나 노픈 남게 소뢰는 죠커니와
그 우희 거믜줄 이시니 그를 조심하여라

〈珍靑362〉

낱말풀이

소뢰—소리. 죠커니와—좋거니와. 우희—위에. 거믜줄—거
미줄. 이시니—있으니.

나뷔야 청산 가자 범나뷔 너도 가자
가다가 저무러든 꽃에 들어 자고 가자
꽃에서 푸대접하거든 닢에서나 자고 가자

〈六靑419〉

낱말풀이

나뷔—나비. 저무러든—저물거든. 닢—잎.

내 본시 남만 못하야 해온 일이 바히 없네
활 쏘아 헌 일 없고 글 일러 인 일 없다
찰하로 강산에 물러와 밭갈이나 하리라

〈花樂87〉

낱말풀이

  해온—한. 바히—전혀. 헌 일—한 일. 인 일—이룬 일. 찰하
로—차라리.

내 옷에 내 밥먹고 내 집에 누어시니
귀에 잡말 없고 시비에 걸릴소냐
백년을 이리 지냄이 긔 분인가 하노라

〈珍靑328〉

낱말풀이

  누어시니—누워 있으니. 긔—그것이. 분—분수.

누리소서 누리소서 만천세(萬千歲)를 누리소서
무쇠 기둥에 꽃피어 열음 열어 따들이도록 누리소서
그 남아 억만세 밧긔 또 만세를 누리소서

〈雅女68〉

낱말풀이

  열음—열매. 밧긔—외에, 밖에.

누운들 잠이 오며 기다린들 님이 오랴니
이제 누어신들 어늬 잠이 하마 오리

찰하로 앉은 곳에서 긴 밤이나 새오자

〈注海4〉

낱말풀이

어늬―어떤. 하마―벌써.

닷 드자 배 떠나니 이제 가면 언제 오리니
만경창파에 가는 듯 돌아오소
밤중만 지국총 소리에 애긋는 듯하여라

〈六靑391〉

낱말풀이

닷―닻. 만경창파(萬頃蒼波)―넓고 넓은 바다. 지국총(地菊
叢)―배젓는 소리.

동창에 돗앗던 달이 서창으로 도지도록
못 오실 님 못 오신들 잠은 어이 가져간고
잠조차 가져간 님이니 생각 무슴하리요

〈六靑904〉

낱말풀이

도지도록―돌아갈 때까지. 생각 무슴하리요―생각해 무엇하
리오.

듣는 말 보는 일을 사리에 비겨 보아
올흐면 할지라도 그르면 마를 것이
평생할 말슴을 갈희내면 므슴 시비이시랴

〈珍靑342〉

낱말풀이

　마를 것이—하지 말 것이로다. 갈희내면—가려내면, 분간하
면. 므슴—무슨.

만수산 만수봉에 만수정이 잇더이다
그 물로 빚은 술을 만수주라 하더이다
진실로 이 잔 곳 잡으시면 만수무강하오리다
〈大東315〉

낱말풀이

　만수산(萬壽山)—개성 서문 밖에 있는 산. 여기서는 만수라
는 말을 쓴 것으로, 특별히 이 산을 가리킨 것은 아님. 이 잔
곳 잡으시면—이 잔을 잡기만 하면. 〔곳〕은 강세사.

말이 놀라거늘 혁잡고 굽어보니
금수청산(錦繡靑山)이 물 속에 잠겨세라
저 말아 놀라지 마라 이를 보려 하노라
〈花樂366〉

낱말풀이

　혁—고삐. 잠겨세라—잠겼구나. 금수청산—비단에 수놓은
듯이 어여쁜 푸른 산.

말하기 좋다 하고 남의 말을 말을 것이
남의 말 내 하면 남도 내 말 하는 것이
말로써 말이 많으니 말 모로미 죠해라
〈珍靑439〉

　말을 것이—하지 말 것이다. 모로미—모르는 것이. 죠해라
—좋아라.

먼뎃 개 자로 짖어 몇 사람을 지내연고
오지 못할세면 오만 말이나 말을 것이
오마코 아니 오는 일은 내내 몰라 하노라

　　　　　　　　　　　　　　　　　〈花樂82〉

　자로—자주. 지내연고—지나가게 하였는고. 오만—오마 하
던. 오마코—오마 하고. 내내—끝내.

물 아래 그림자지니 다리 우희 중이 간다
저 중아 거기 서거라 너 어듸 가노 말 물어 보자
손으로 백운을 가리치며 말 아니코 가더라

　　　　　　　　　　　　　　　　　〈大東255〉

　우희—위에. 아니코—아니하고.

백초(白草)를 다 심어도 대는 아니 심으리라
젓대는 울고 살대는 가고 그리느니 붓대로다
구트나 울고 가고 그리는 대를 심어 무슴하리오

　　　　　　　　　　　　　　　　　〈六靑114〉

　젓대—저(笛). 살대—화살. 그리느니—그리위하는 것이. 구

트나—구태여.

사랑이 엇더터니 두렷더냐 넙엿더냐
기더냐 자르더냐 발을러냐 자힐러냐
지멸이 긴 줄은 모르되 애 그츨만 하더라

〈珍靑459〉

낱말풀이

　두렷더냐—둥글더냐. 넙엿더냐—넓적하더냐. 자르더냐—짧
더냐. 발을러냐 자힐러냐—한발 두발 잴 수 있더냐, 한자 두자
잴 수 있더냐. 지멸이—매우 지리하게. 애 그츨만—애가 끊일만.

설월이 만정(滿庭)한데 바람아 부지 마라
예리성 아닌 줄은 판연(判然)히 알건마는
그립고 아쉬운 마음에 행여 귄가 하노라

〈珍靑443〉

낱말풀이

　설월(雪月)—눈 위에 비친 달. 만정한데—뜰에 가득한데.
예리성(曳履聲)—신 끄는 소리, 즉 발소리.

세상 사람들이 입들만 성하여서
제 허물 전혀 잊고 남의 흉 보는괴야
남의 흉 보거라 말고 제 허물을 고치고자

〈珍靑420〉

낱말풀이

　보는괴야—보는구나. 보거라 말고—보려고 하지 말고.

시비에 개 짖어도 석경(石經)에 올이 없다
듣나니 물소리오 보나니 미록(麋鹿)이로다
인세를 언매나 지난지 나는 몰라 하노라

〈六靑390〉

낱말풀이

시비—사립문. 석경—돌밭길. 미록—고라니와 사슴. 인세
(人世)—인간 세상.

어져 세상 사람 올흔 일도 못 다하고
구태야 그른 일로 업슨 허물 싯는괴야
우리는 이런 줄 아라셔 올흔 일만 하리라

〈珍靑429〉

낱말풀이

구태야—구태여. 싯는괴야—씻는구나. 아라셔—알아서. 올
흔—옳은.

오날도 조흔 날이오 이곳도 조흔 곳이
조흔 날 조흔 곳에 조흔 사람 만나이셔
조흔 술 조흔 안주에 조히 놀미 조해라

〈珍靑460〉

낱말풀이

조흔—좋은. 이셔—있어. 조히—좋게, 잘. 놀미—노는 것이.
조해라—좋도다.

오날이 오날이소서 매일에 오날이소서

점그지도 새지도 마르시고
새라난 매양 장식에 오늘이소서

〈珍靑1〉

낱말풀이

　오날—오늘. 점그지도—저물지도. 새라난—뜻이 분명치 않음. 매양 장식—항상, 언제나.

젓소리 반겨 듣고 죽창(竹窓)을 바삐 여니
세우장제(細雨長堤)에 쇠 등에 아해로다
아해야 강호에 봄 들거다 낙대 추심하여라

〈珍靑306〉

낱말풀이

　젓소리—저(笛)를 부는 소리. 세우장제—가랑비 내리는 긴 둑. 들거다—들었다. 추심(推尋)하여라—찾아라.

천세(千歲)를 누리소서 만세를 누리소서
무쇠 기둥에 꽃피어 여름이 이러 따드리도록 누리소서
그 밧긔 억만세 외에 또 만세를 누리소서

〈六靑493〉

낱말풀이

　여름—열매. 이러—되어. 밧긔—밖에.

치위를 막을선정 구태야 비단 옷가
고픈 배 메울선정 산채라타 관계하랴
이 밧긔 잡시름 없으며 긔 좋은가 하노라

〈珍青326〉

낱말풀이

　막을션정—막을지언정. 막으려고. 옷가—옷인가. 산채라타
—산나물이라고. 긔—그것이.

해 다 져믄 날에 지져귀는 참새들아
죠그마한 몸이 반가지(半柯枝)도 족하거든
하물며 크나큰 수풀을 새와 므삼하리오

〈珍青381〉

낱말풀이

　새와—시샘하여. 므삼하리오—무엇하리오.

■ 사설시조　辭說時調

　귀또리 귀또리 어엿브다 저 귀또리

　어인 귀또리 지는 달 새는 밤에 긴 소래 자른 소래
절절이 슬흔 소래 제 혼자 울어녜여 사창(紗窓) 여흰
잠을 살뜰이도 깨오는고야

　두어라 제 비록 미물(微物)이나 무인동방(無人洞房)
에 내 뜻 알 이는 저뿐인가 하노라

〈珍靑548〉

| 낱말풀이 |

　어엿브다―애처롭다. 자른 소래―짧은 소리. 절절(節節)이
―마디마디. 울어녜여―울음을 계속하여. 사창―사(紗)로 바
른 창. 여흰 잠―선잠. 미물―보잘것없는 벌레. 무인동방―홀
로 지키는 외로운 침방(寢房).

　나무도 바히돌도 없은 뫼헤 매게 쫓인 가토리 안과

　대천 바다 한가운데 일천석(一千石) 실은 배헤 노도
잃고 닻도 잃고 용총도 긇고 돗대도 걷고 치도 빠지고
바람 불어 물결치고 안개 뒤섞여 자자진 날에 갈 길은
천리만리 남고 사면은 검어 어득 저뭇 천지 적막 가치
놀 떳는데 수적(水賊) 만난 도사공(都沙工)의 안과

　엇그제 님 여흰 내 안희아 엇다가 가을하리오

〈珍靑572〉

낱말풀이

　바히—바위. 뫼헤—산에서. 매게—매에게. 쫏인—쫓긴. 가토리—까투리. 암퀑. 안—마을. 대천 바다—큰 내나 바다. 닷—닻. 용총—돛을 오르내리는 줄. 긏고—끊고, 끊어지고. 치—키〔舵〕. 저믓—저문. 가치놀—까치놀. 하얗게 이는 사나운 파도. 도사공—사공의 우두머리. 여흰—여읜. 엇다가—어디다가. 가을하리오—비교하리오.

논밭 갈아 기음매고 뵈잠방이 다임 쳐 신들메고

　낫 갈아 허리에 차고 도끼 버려 두러메고 무림산중 들어가서 삭다리 마른 섶을 뷔거니 버히거니 지게에 질머 지팡이 바쳐 놓고 새암을 찾아가서 점심 도슭 부시고 곰방대를 톡톡 떨어 닢담배 퓌여 물고 코노래 조오다가 석양이 재 넘어 갈 제 어깨를 추이르며 긴 소래 저른 소래하며 어이 갈고 하더라

〈六靑729〉

낱말풀이

　뵈잠방이—베잠방이. 다임—대님. 신들메고—신들메하고. 들메다는 신이 벗겨지지 않도록 발에 잡아맨다는 뜻. 매는 끈을 들메 또는 들메끈이라 함. 무림산중(茂林山中)—숲이 우거진 산속. 삭다리—말라죽은 나뭇가지, 삭정이. 섶—섶나무. 뷔거니 버히거니—베거니 베이거니. 질머—짊어지고. 새암—샘물. 도슭—도시락. 부시고—씻고. 조오다가—졸다가. 추이르며—추스르며.

달바자는 쨍쨍 울고 잔듸 속에 속닙난다

삼년 묵은 말 가족은 외용지용 우지는데 노처녀의 거동
보소 함박족박 드더지며 역정내여 이른 말이 바다에도 섬
이 잇고 동뢰연(同牢宴) 첫사랑을 꿈마다 하여 뵈네

글르사 월로승(月老繩)의 인연인지 일락 패(敗)락하
여라

〈六青642〉

낱말풀이

달바자—달풀로 엮은 바자. 바자는 수수깡 등으로 발처럼
엮어 울타리 만드는 데 쓰는 것. 우지는데—우짖는데. 함박족
박—함지박과 쪽박. 드더지며—들어 던지며. 동뢰연—신랑 신
부가 교배(交拜)를 마치고 서로 술잔을 나누는 잔치. 첫사랑
—첫날밤의 사랑. 글르사—그르도다. 월로승—남녀의 인연을
맺어 준다는 끈. 일락 패락—될 듯 말 듯.

대천 바다 한가운데 중침세침 풍덩 빠져

열나믄 사공놈이 길 넘은 사앗대로 귀꺼여 내닷말이
이셔이다

님아 님아 열 놈이 백 말을 할지라도 짐작하여 들으
시소.

〈珍青501〉

낱말풀이

중침세침(中針細針)—중치 바늘과 작은 바늘. 열나믄—여남
은. 사앗대—삿대. 상앗대. 귀꺼여—귀를 꿰어. 내닷말이—끄
집어 냈다는 말이. 이셔이다—있습니다.

모시를 이리저리 삼아 두루삼아 감삼다가

가다가 한가운데 뚝 근처지거늘 호치단순(皓齒丹脣)
으로 흠빨며 감빨아 섬섬옥수(纖纖玉手)로 두 끝 마조
잡아 바븨여 이으리라 저 모시를

우리도 사랑 긋쳐 갈 제 저 모시같이 이으리라

〈珍靑538〉

낱말풀이

감삼다가―감아 삼다가. 근처지거늘―끊어지거늘. 호치단순
―흰 이와 붉은 입술. 젊고 고운 여자의 이와 입술. 흠빨며―
흠뻑 빨며. 감빨아―감아 빨아. 섬섬옥수―가늘고 고운 여자의
손. 바븨여―비비어. 긋쳐―끊어져.

바독바독 뒤얽은 놈아 제발 비자 네게 냇가에란 서지
말아

눈 큰 준치 허리 긴 갈치 츤츤 가물치 두루쳐 메오기
넙적한 가자미 부리 긴 공지 등곱은 새오 겨레 많은 권
장이 그물만 너겨 풀풀 뛰어 다 달아나는데 열없이 생
긴 오적어 둥개는고야

아마도 너 곧 와 있이면 고기 못 잡아 대사(大事)로다

〈六靑815〉

낱말풀이

비자―빌자. 츤츤 가물치―가물치의 가물을 「감을」로 연상
해서 칭칭 감는다는 말. 등곱은 새오―등이 굽은 새우. 권장이
―곤쟁이. 그물만 너겨―그물인 줄로만 여겨. 열없이―겁많게.
오적어―오징어. 둥개는고야―쩔쩔매는구나. 너 곧―바로 네

가. 대사―큰일, 큰 탈.

바둑이 검동이 청삽사리(靑揷沙里) 중에 조 노랑 암
캐같이 얄밉고 잣미오랴

미온 님 오게 되면 꼬리를 회회치며 반겨 내닫고 고
은 님 오게 되면 두 발을 벗디디고 코쌀을 찡그리며 무
르락 나오락 캉캉 즛난 요노랑 암캐

이튿날 문 밧긔개 사옵새 웨난 장사(匠事) 가거드란
찬찬 동혀내야 주리라

〈六靑741〉

> **낱말풀이**
>
> 청삽사리―털이 검은 삽살개의 한 종류. 잣미오랴―잔미우
> 랴. 「잔밉다」는 몹시 얄밉다는 뜻. 무르락―물락, 물려고. 즛
> 난―짖는. 사옵새―삽시다. 웨난―외치는. 장사―장수.

바람도 쉬여 구름이라도 쉬여 넘는 고개

산진이 수진이 해동청 보라매라도 다 쉬여 넘는 고봉
장성령(長城嶺) 고개

그 너머 님이 왓다 하면 나는 한 번도 아니 쉬여 넘
으리라

〈六靑307〉

> **낱말풀이**
>
> 산진(山陳)이―산에서 자란 매. 수진(水陳)이―집에서 길들
> 인 매. 해동청(海東靑)―송골매, 매의 한 종류. 보라매―사냥
> 에 쓰이는 매의 한 종류.

사랑 사랑 고고이 매친 사랑 왼 바다를 두루 덮는 그
믈같이 매친 사랑

왕십리 답십리라 참외 너출 외 너출 수박 너출 얽어
지고 틀어져서 골골이 뻗어 가는 사랑

아마도 이 임의 사랑은 끝 간대 몰라 하노라

〈六青645〉

낱말풀이

고고이―그물코마다. 왕십리 답십리―서울 동네의 이름. 너
출―덩굴.

수박겆치 두렷한 님아 차뮈겄튼 단 말슴 마소

가지가지 하시는 말이 말마다 왼말이로다

구시월 씨동아겄치 속 성긴 말 마르시소

〈六青864〉

낱말풀이

수박겆치―수박같이. 두렷한―둥근. 차뮈겄튼―참외 같은.
왼말―거짓말. 씨동아―씨받이 동과(冬瓜). 성긴―빈〔疏〕.

앞논에 오려를 뷔여 백화주(百花酒)를 비져 두고 동
뒷산 송지(松枝)에 전통(箭筒) 우헤 활지어 걸고 흩어
진 바독 쓸어 치고 손조 구글무지 낚아 움버들에 께여
돌 지즐러 물에 채와 두고

아희야 날 볼손 오셔드란 긴 여흘로 살와라

〈李海290〉

낱말풀이

오려—올벼. 뷔여—베어. 백화주—여러 가지 꽃을 넣어 만든
술. 송지—소나무 가지. 전통—화살을 꽂는 통. 손조—손수. 구
글무지—냇물 고기의 일종. 움버들—연한 버드나무 가지. 지즐
러—짓눌려. 오셔드란—오시거든. 여흘—여울. 살와라—알려라.

창 내고자 창 내고자 이 내 가슴에 창 내고자
들장지 열장지 고모장지 세살장지 암돌쩌기 수돌쩌기
쌍배목(雙排目) 외걸새를 크나큰 쟝도리로 뚝딱 박아
이 내 가슴에 창 내고자
님 그려 하 답답할 제면 여닫어나 볼가 하노라

〈六靑783〉

낱말풀이

장지—미닫이와 비슷한 문. 세살장지—문살이 가는 장지.
돌쩌기—돌쩌귀. 배목—걸쇠를 거는 구멍난 못. 걸새—걸쇠.

창 밖이 어룬어룬커늘 님만 여겨 펄떡 뛰어 뚝 나서
보니
님은 아니 오고 우스름 달빛에 열구름이 날 속엿고나
마초아 밤일셋만정 행혀 낮이런들 남 우일번 하여라

〈花樂520〉

낱말풀이

어룬어룬커늘—어른어른하거늘. 우스름—어스름. 열구름—
지나가는 구름. 마초아—마침. 밤일셋만정—밤이었기에 망정
이지. 우일번—웃길 뻔.

찾아보기

가노라 삼각산아 · 50
가마귀 눈비 맞아 · 96
가마귀 싸호는 골에 · 218
가마귀 저 가마귀 · 190
가을 타작 다한 후에 · 190
각시네 꽃을 보소 · 191
간나희 가는 길흘 · 221
간밤 비오더니 · 119
간밤에 눈 갠 후에 · 146
간밤에 부던 바람 · 141
간밤에 부던 바람에 · 257
간밤에 우던 여흘 · 138
간밤에 자고 간 그놈 · 191
간밤 오던 비에 · 139
감장새 작다 하고 · 205
갓나희들이 · 53
강산 한아한 풍경 · 38
강촌에 그물 멘 사람 · 76
강촌에 일모하니 · 213
강호에 가을이 드니 · 88
강호에 겨울이 드니 · 88
강호에 봄이 드니 · 89
강호에 봄이 드니 이 몸이 · 252
강호에 여름이 드니 · 89
거문고 타자 하니 · 109

거울에 비췬 얼골 · 257
건곤이 제곰인가 · 153
검으면 희다 하고 · 53
검은 것은 가마귀요 · 191
겨울날 다스한 볕을 · 257
고금에 어질기야 · 69
고마간 불쳥커늘 · 70
고산구곡담을 · 183
고은 볕이 쬐얀는데 · 154
고인도 날 못 보고 · 208
고흘샤 월하보에 · 212
곡구농 우는 소리에 · 135
공명도 너 하여라 · 36
공명도 잊엇노라 · 38
공명을 즐겨 마라 · 46
공명이 긔 무엇고 · 119
공산에 우는 접동 · 97
공산이 적막한듸 · 232
곳은 무스 일로 · 150
광풍에 떨린 이화 · 192
구곡은 어드메고 · 183
구렁에 낫는 풀이 · 203
구레벗은 천리마를 · 51
구름빛이 좋다 하나 · 150
구름이 걷은 후에 · 154

구름이 무심탄 말이 · 205
군산을 삭평턴들 · 180
굼벵이 매암이 되야 · 258
굽어는 천신녹수 · 207
궂은비 개단 말가 · 153
궂은비 멎어가고 · 155
귀또리 귀또리 · 267
그려 병드는 재미 · 131
그물 낙시 잊어 두고 · 155
금로에 향진하고 · 48
금생려수라 한들 · 97
금은에 지는 달은 · 79
금준에 가득한 술을 · 217
기러기 떳는 밖에 · 156
긴 날이 저무는 줄 · 156
길 우희 두 돌부처 · 221
꽃은 밤비에 피고 · 258
꽃지고 속잎나니 · 119
꽃 피면 달 생각하고 · 192
꾀꼬리 고은 노래 · 127
꿈에나 님을 볼려 · 246
꿈에 님을 보려 · 192
꿈에 다니는 길이 · 174
꿈에 뵈는 임이 · 90
꿈에 왔던 님이 · 98
나는 지남석이런가 · 54
나니 언제런지 · 42
나모도 병이 드니 · 221
나모도 아닌 것이 · 151
나무도 바히돌도 · 267

나뷔야 청산 가자 · 258
나온자 금일이야 · 40
낙대를 빗기쥐고 · 92
낙시줄 걸어 놓고 · 157
낙일은 서산에 저서 · 193
낙지쟈 오날이여 · 77
낙화는 뜻이 있어 · 77
날이 저물거늘 · 32
남산 깊은 골에 · 120
남산 나린골에 · 70
남원에 꽃을 심어 · 45
남으로 삼긴거시 · 93
남이 해할지라도 · 201
남팔아 남아 사이언정 · 50
내 가슴 헤친 피로 · 120
내게는 병이 없서 · 45
내 마음 버혀내여 · 222
내 몸에 병이 많아 · 61
내 벗이 몇이나 하니 · 149
내 본시 남만 못하야 · 259
내 양자 남만 못한 줄 · 222
내 언제 신이 없어 · 250
내 옷에 내 밥 먹고 · 259
내일이 또 업스랴 · 157
내해 좋다하고 · 99
냇가의 해오라바 · 120
네 아들 효경 읽더니 · 222
녈구름이 심히 구저 · 52
노래 삼긴 사람 · 121
노화 깊은 곳에 · 64

녹수청산 깊은 골에 · 174
녹양이 천만사ㄴ들 · 181
녹양 춘삼월을 · 46
녹이상제 살지게 먹여 · 243
녹초 청강상에 · 124
논밭 갈아 기음매고 · 125
* 논밭 갈아 기음 매고 · 268
농암에 올라보니 · 207
높으나 높은 남게 · 179
높으락 나즈락하며 · 127
누고서 광하천만간을 · 193
누고셔 삼공도곤 · 147
누리소서 누리소서 · 259
누운들 잠이 오며 · 259
눈 맞아 휘어진 대를 · 137
눈섭은 그린 듯하고 · 54
눈으로 기약터니 · 127
눈 풀풀 접심홍이요 · 59
뉘라서 까마귀를 · 98
늙게야 만난 님을 · 194
늙고 병든 중에 · 60
늙어 좋은 일이 · 201
늙어지니 벗이 없고 · 109
님 그려 얻은 병을 · 194
님 그린 상사몽이 · 98
님으란 회양 금성 · 194
님을 믿을 것가 · 189
님의게서 오신 편지 · 138
님이 헤오시매 · 112
단애취벽이 화병같이 · 158

닫는 말 서서 늙고 · 143
달바자는 쨍쨍 울고 · 269
달이 두렷하여 · 173
담 안에 섯는 꽃은 · 128
닷 드자 배 떠나니 · 260
당시에 녀던 길을 · 209
당우를 어제 본 듯 · 107
대 심어 울을 삼고 · 64
대 우헤 심근 느틔 · 223
대천 바다 한가운데 · 269
대쵸볼 붉은 골에 · 253
더우면 곳 퓌고 · 151
동각에 숨은 꽃이 · 128
동기로 셋몸되야 · 93
동지ㅅ달 기나긴 밤을 · 250
동창에 돗앗던 달이 · 260
동창이 밝앗느냐 · 79
동풍이 건듯 부니 · 158
두견아 우지 마라 · 195
두고 가는 이별 · 126
두류산 양단수를 · 235
드른 말 즉시 잊고 · 114
듣는 말 보는 일을 · 260
마리소서 마리소서 · 171
마을 사람들아 · 223
마음아 너는 어이 · 100
마음이 어린 후니 · 100
마천령 올라 앉아 · 110
만수산 만수봉에 · 261
말리 말리하대 · 32

말씀을 가리어 내면 · 81
말없는 청산이요 · 105
말이 놀라거늘 · 261
말하기 좋다 하고 · 261
말하면 잡류라 하고 · 48
매아미 맵다 울고 · 201
매영이 부딪친 창에 · 128
매화 녯등걸에 · 86
매화 한 가지에 · 140
맹자 견 양혜왕 하신대 · 58
먼뎃 개 자로 짖어 · 262
모란은 화중왕이요 · 55
모시를 이리저리 삼다 · 270
몰래 우희 그물 널고 · 159
뫼한 높으나 높고 · 245
뫼흔 길고 길고 · 152
묏버들 갈해 것거 · 246
묻노라 부나븨야 · 196
묻노라 저 선사야 · 117
물결이 흐리거든 · 159
물 아래 그림자지니 · 262
물아 어디 가난 · 25
물 우흿 사공 · 195
미나리 한 펄기를 · 144
바독바독 뒤얽은 놈아 · 270
바독이 검동이 · 271
바둑 걸쇠같이 얽은 놈아 · 55
바람도 쉬여 · 271
바람이 눈을 몰아 · 129
반나마 늙었으니 · 175

반되불이 되다 · 121
반중 조홍감이 · 94
밝가벗은 아해들이 · 202
방안에 혓는 촉불 · 169
방초를 바라보며 · 160
백설이 자자진 골에 · 177
백운이 이러나고 · 160
백초를 다 심어도 · 262
벼슬을 저마다 하면 · 68
벼슬이 좋다 한들 · 118
벽상에 걸린 칼이 · 67
벽천 홍안성에 · 34
벽해 갈류후 · 29
보거든 슬뮈거나 · 28
보리밥 풋나물을 · 146
봉두에 솟은 달이 · 94
뵈잠방이 호미 메고 · 126
부혜생아하시고 · 70
북두성 기울어지고 · 83
북소리 들리는 절이 · 95
북천이 맑다커늘 · 214
불여귀 불여귀하니 · 181
비록 못 일워도 · 32
비록 못 입어도 · 223
비오는데 들혜 가랴 · 148
빈 배에 섰는 백로 · 59
빈천을 팔랴하고 · 237
빙자옥질이여 · 129
사곡은 어드메오 · 184
사람이 늙은 후에 · 196

사람이 사람을 그려 · 131
사랑 거짓말이 · 49
사랑 사랑 고고이 매친 사랑 ·
272
사랑이 엇더터니 · 263
삭발위승 아까운 각시 · 56
삭풍은 나모 끝에 불고 · 65
산가에 봄이 오니 · 197
산은 옛 산이로되 · 250
산은 있건마는 · 81
산전에 유대하고 · 209
산촌에 눈이 오니 · 121
산촌에 밤이 드니 · 242
살뜰한 내 마음과 · 86
삼곡은 어드메오 · 184
삿갓에 도롱이 입고 · 39
상공을 뵈온 후에 · 106
새달은 뒷동산 말네 · 95
새원 원쥬되여 · 224
샐별지고 종달이 떳다 · 188
샐별지자 종다리 떳다 · 187
생매 같은 저 각씨님 · 197
서검을 못 일우고 · 71
서리치고 별 성권제 · 99
서산에 일모하니 · 175
석양 넘은 후에 · 148
석양이 빗겨시니 · 161
석양이 좋다마는 · 161
선우음 참노라 하니 · 224
선인교 나린 물이 · 216

설악산 가는 길에 · 234
설월이 만정한데 · 263
섭시른 천리마를 · 71
성현의 가신 길이 · 33
세상 사람들아 · 72
세상 사람들이 · 38
세상 사람들이 입들만 · 263
세상에 마음이 없어 · 46
세상이 번우하니 · 72
세월이 여류하니 · 67
셋괏고 사오나올슨 · 78
솔 아래 아희들아 · 95
솔이 솔이라 하니 · 113
송림에 눈이 오니 · 225
쇠나기 한줄기미 · 225
수국에 가을이 드니 · 162
수박 것치 두렷한 님아 · 272
수양산 나린 물이 · 248
수양산 바라보며 · 102
술 먹고 노는 일을 · 122
술을 취케 먹고 · 233
술을 취케 먹고 오다가 · 236
술이 몇 가지오 · 122
슬프나 즐거오나 · 152
시비에 개 짖는다 · 26
시비에 개 짖어도 · 264
시절도 저러하니 · 206
시절이 태평토다 · 106
심여장강 유수청이요 · 117
심의산 세네 바회 · 226

싸움에 시비만 하고 · *171*
쓴나물 데온 물이 · *225*
아마도 모를 일은 · *198*
아바님 날 낳으시고 · *226*
* 아버님 날 낳으시고 · *239*
아침은 비오더니 · *122*
아희들 재촉하야 · *60*
아희야 구럭망태 · *236*
알앗노라 알앗노라 · *200*
앞 개에 안개 걷고 · *162*
앞논에 오려를 뷔여 · *272*
야심 오경토록 · *87*
어버이 날 낳으셔 · *82*
어버이 살아신 제 · *226*
어와 동량재를 · *227*
어와 저 백구야 · *39*
어이 얼어 자리 · *243*
어제도 난취하고 · *142*
어젯밤 눈온 후에 · *123*
어져 내 말 듣소 · *82*
어져 내 일이여 · *251*
어져 세상 사람 · *264*
어화 세상 사람 · *72*
어화 어릴시고 · *57*
엄동에 뵈옷 입고 · *134*
엇그제 부던 바람 · *141*
에엿분 네 님금을 · *182*
여기를 져기 삼고 · *40*
여외고 병든 말을 · *139*
연닢에 밥 싸두고 · *163*

오곡은 어드메오 · *185*
오날도 조흔 날이오 · *264*
오날이 오날이소서 · *264*
오냐 말 아니 따나 · *91*
오늘도 다 새거다 · *227*
오늘은 비 개건야 · *76*
오늘은 천렵하고 · *62*
오동 성긴 비에 · *198*
오동에 듯난 빗발 · *49*
오면 가라 하고 · *101*
오백년 도읍지를 · *36*
옥분에 심근 매화 · *51*
옥에 흙이 묻어 · *145*
올여논 물 실어 놓고 · *199*
올해 달은 다리 · *41*
옷 벗어 아희 주어 · *73*
와실을 바라보니 · *163*
우갈장제 초색다하니 · *220*
우는 것이 버꾸기가 · *164*
울밋 양지 편에 · *73*
월출산이 높더니마는 · *148*
유유이 가는 구름 · *131*
육곡은 어드메오 · *185*
은순옥척이 몇이나 · *164*
이고 진 저 늙은이 · *228*
이곡은 어드메고 · *186*
이런들 어떠하며 · *176*
이런들 어떠하며 저런들 · *209*
이리도 태평성대 · *103*
이 몸이 되올젠대 · *31*

이 몸이 죽어 가서 · 102
이 몸이 죽어죽어 · 217
이 뫼흘 헐어내어 · 125
이별하던 날에 · 247
이보오 내 마리가 · 110
이셩져셩하니 · 114
이시렴 브디 갈따 · 105
이영이 다 거두치니 · 245
이화에 월백하고 · 204
이화우 흩뿌릴 제 · 27
인생을 혜여하니 · 240
인생이 꿈인 줄을 · 115
일곡은 어드메오 · 186
일란코 풍화한대 · 170
일어나 소 먹이니 · 67
일정 백년 산들 · 228
임과 나와 다 늙었으니 · 92
잇노라 즑여 말고 · 199
잇브면 잠을 들고 · 172
자규야 우지 마라 · 182
자 남은 보라매를 · 69
자내 집의 술 닉거든 · 63
자러 가는 가마괴 · 165
작은 것이 높이 떠서 · 151
잔 들고 혼자 앉아 · 147
잘 가노라 닫지 말며 · 73
장검을 빠혀 들고 · 80
장공에 떳는 소록이 · 67
장백산에 기를 곳고 · 65
장부로 삼겨나서 · 62

장송으로 배를 무어 · 29
재 넘어 셩권농 집이 · 228
재넘어 싀앗을 두고 · 37
저 건너 나부산 · 130
저 건너 일편석이 · 234
저 건너 큰 기와집 · 110
적토마 살디게 먹여 · 80
전나귀 모노라니 · 132
전산 작야우에 · 118
전언은 희지이라 · 108
전원에 봄이 오니 · 104
제도 대국이오 · 108
제 분 좋은 줄을 · 82
제월이 구름뜰고 · 33
져기 섯는 져 소나모 · 229
젓소리 반겨 듣고 · 265
조그만 이 한 몸이 · 203
종과 항것과를 · 239
주대 다스리고 · 166
주렴을 반만 열고 · 249
주문에 벗님네야 · 73
주인이 술 부으니 · 177
주인이 호사하야 · 213
죽기 설웨란들 · 202
죽어 잊어야 하랴 · 87
중과 승과 · 43
중셔당 백옥배를 · 229
쥐 찬 소로기들아 · 30
즐기기도 하려니와 · 166
지당에 비 뿌리고 · 238

지란을 갖고랴 · 26
지죄괴는 저 가마괴 · 68
집방석 내지 마라 · 244
창 내고자 창 내고자 · 273
창 밖에 감아솟 · 43
창 밖에 셧난 촉불 · 170
창 밖에 아회 와서 · 240
창 밖이 어룬어룬커늘 · 273
창주오도를 · 166
찾아보기 · 275
책 덮고 창을 여니 · 219
처음에 모로듬면 · 61
천만리 머나먼 길에 · 135
천산에 눈이 오니 · 199
천세를 누리소서 · 265
천지대 일월명하신 · 103
천지로 장막삼고 · 179
철령 높은 봉에 · 206
철이 철이라커늘 · 241
청강에 비 듣는 소리 · 253
청계변 백사상에 · 140
청냉포 달 밝은 밤에 · 90
청량산 육륙봉을 · 210
청려장 힘을 삼고 · 74
청류벽에 배를 매고 · 169
청산도 절로절로 · 113
청산리 벽계수야 · 251
청산아 말 물어 보자 · 47
청산은 내 뜻이오 · 252
청산은 엇제하여 · 210

청석령 지나거냐 · 254
청우를 빗기 타고 · 132
청창에 낮잠 깨어 · 172
청천 구름 밖에 · 230
청초 욱어진 골에 · 214
청춘에 곱던 양자 · 25
청춘에 이별한 님이 · 126
청춘은 언제 가며 · 27
초강 어부들아 · 175
초목이 다 매몰한 제 · 123
초생달 뉘 버혀 저그며 · 86
촉백제 산월저하니 · 84
촉제의 죽은 혼이 · 44
추강에 밤이 드니 · 188
추산이 석양을 띠고 · 142
추산이 추풍을 띄고 · 143
추상에 놀란 기러기 · 211
추수는 천일색이오 · 116
춘산에 눈 녹인 바람 · 136
춘산에 불이 나니 · 42
취하야 누었다가 · 167
치위를 막을선정 · 265
칠곡은 어드메오 · 186
칠십에 책을 써서 · 111
큰 잔에 가득 부어 · 173
태산에 올라 앉아 · 62
태산이 높다 하되 · 133
태산이 높다 하여도 · 41
팔곡은 어드메오 · 187
평생에 원하기를 · 200

평생에 일이 없어 · 83
풍상이 섯거친 날에 · 111
풍파에 놀란 사공 · 215
하늘이 높다 하고 · 241
하려 하려하대 · 34
한달 설흔 날에 · 115
한달 설흔 날에 · 74
한 몸 둘에 · 230
한번 죽은 후면 · 74
한산섬 달 밝은 밤에 · 178
한 손에 막대 잡고 · 136
한송정 달 밝은 밤에 · 248
한식 비온 밤에 · 123
한잔 먹새그녀 · 230
한중에 홀로 앉아 · 66
해 다 져믄 날에 · 266

해 지고 돋는 달이 · 130
헛가레 기나 자르나 · 124
형님 자신 젖을 · 239
형아 아우야 · 321
호화도 거즛 것이요 · 57
호화코 부귀키야 · 35
혼음불성키는 · 75
홍진을 다 떨치고 · 52
화개동 북록하에 · 57
환자 타 산다 하고 · 149
휘호지면 하시독고 · 85
흥망이 수 없으니 · 231
흥망이 유수하니 · 137
흰구름 푸른 내는 · 75
흰 이슬 빗겼는데 · 168
힘써 하는 싸홈 · 172

엮은이 약력

1913년 전북 전주 생.
서울대학교 문리과대학 국어국문학과 졸.
숙명여자대학교 교수, 문화재위원
서울대학교 문리대, 연세대학교
성균관대학교, 한양대학교, 건국대학교
성심여대 등 강사 교수 역임

저 서
≪癸卯日記≫ 校注
≪경인 신재효 판소리 전집≫
≪신재효 판소리사설집≫ 교주역
≪한국판소리전집≫ 교주역 (서문문고 100번)
기타 논문 다수

한국 고시조 500선 〈서문문고 141〉

개정판 제1쇄 / 1996년 8월 20일
개정판 제2쇄 / 1999년 2월 20일
개정판 제3쇄 / 2002년 6월 20일
엮은이 / 강 한 영
펴낸이 / 최 석 로
펴낸곳 / 서 문 당
주소 / 서울시 마포구 성산동 54-18호
전화 / 322—4916~8 팩스 / 322—9154
창업일자 / 1968. 12. 24
등록일자 / 2001. 1. 10
등록번호 / 제10-2093
SeoMoonDang Publishing Co. 2001

ISBN 89-7243-341-1   ※ 잘못된 책은 바꾸어 드립니다